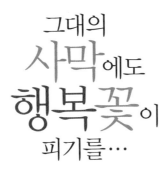

그대의
사막에도
행복꽃이
피기를…

내가 모든 것을 버려도 좋다고 생각되는 사람은
결코 내가 모든 것을 버리지 않도록 최선을 다할 사람입니다.

_____ 님께 이 책을 드립니다.

그대의 사막에도 행복꽃이 피기를…

초판 1쇄 인쇄 │ 2016년 9월 1일
초판 1쇄 발행 │ 2016년 9월 1일

지은이 │ 이동식
펴낸이 │ 안대현
디자인 │ 시대커뮤니티
펴낸곳 │ 도서출판 풀잎
등 록 │ 제2-4858호
주 소 │ 서울시 중구 필동로 8길 61-16
전 화 │ 02-2274-5445/6
팩 스 │ 02-2268-3773

ISBN 979-11-85186-19-1 03810

• 이 도서의 국립중앙도서관 출판예정도서목록(CIP)은 서지정보유통지원시스템 홈페이지(http://seoji.nl.go.kr)와
  국가자료공동목록시스템(http://www.nl.go.kr/kolisnet)에서 이용하실 수 있습니다.
  (CIP제어번호 : CIP2016020236)

소중한 사람에게 주고 싶은 내 마음의 책

그대의 사막에도 행복꽃이 피기를…

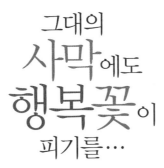

이동식 지음

도서출판

내가 모든 것을 버려도 좋다고 생각되는 사람은

결코 내가 모든 것을 버리지 않도록

최선을 다할 사람입니다.

작가의 말

하루살이가 가르쳐주었네.
온 열정을 다해 살면
삶은 하루도 길다는 것을

어느 하루라도 나 하루살이처럼 살아본 적 있는가.
사랑을 위해, 꿈을 위해, 삶을 위해

없다면 남겨진 삶은 그러하고 싶구나.

2016년 9월에
작가의 서재에서…

목차 Contents

PART
01

제1장_그대의 사막에도 사랑꽃이 피기를…

목차 Contents

PART
04

제1장_그대의 사막에도
사랑꽃이 피기를…

사랑은 억지로 하려 한다고 되는 것이 아니다

사랑은 마음속에서 저절로 생겨나지 않으면 안 된다

사랑은 강제로 생겨날 수 없다

사랑은 어떠한 지리적 거리도, 폭풍우도 문제 삼지 않는다

사랑이 있으면 어디에 있든 행복하다

그리고 사랑은 시간을 초월한다

― 란슬롯

그대가 모든 것을 버려도 좋다고 생각되는 사람은
결코 그대가 모든 것을 버리지 않도록 최선을 다할 사람입니다.

사랑의 힘

경쾌한 음악이 흐르고 남녀가 짝을 지어 춤을 추는 댄스파티가 열리고 있었습니다. 모두들 자기 맘에 드는 파트너와 어울려 흥겹게 춤을 추고 있는데, 한쪽 모퉁이에 혼자 앉아 있는 여자가 있었습니다. 엘러너라는 여자였습니다. 어릴 때부터 그녀는 언니나 어른들의 옷을 물려받아 입어야 했고, 언니나 동생들이 '못났다'고 놀려대는 바람에 언제나 두려움과 열등감에 빠져 지냈습니다. 댄스파티의 분위기가 한창 무르익을 무렵 그녀의 앞으로 한 청년이 다가섰습니다.

"제게 함께 춤을 출 수 있는 영광을 주시겠습니까?"

그 청년은 다름 아닌 프랭클린 D. 루스벨트였습니다. 이 일로 친해진 두 사람은 사랑을 확인하고 결혼까지 하게 되었습니다. 젊은 정치가의 아내가 되면서부터 엘러너는 차츰 변해갔습니다. 그녀는 루스벨트의 사랑에 힘입어 봉사활동에 참여하기 시작했고, 이를 계기로 그동안 그녀를 짓누르고 있던 두려움과 열등감에서 벗어날 수 있게 되었습니다. 그녀는 자기보다 불행하고 고독한 사람을 돕기 시작하면서 용기와 자신감과 활력을 얻게 되었습니다. 훗날 대통령의 부인이 된 그녀는 이렇게 회상했습니다.

"이 세상에 두려움만큼 사람의 마음을 상하게 하는 것은 없습니다. 그러나 나보다 못한 사람들을 도우면서 나 자신의 공포감과 싸워왔습니다. 두려운 마음 때문에 손을 대지 못한 일을 어떻게든 해내고 나면 공포심은 사라지고 맙니다. 단, 공포심을 극복하기 위해서는 일을 계속해가며 그 일에서 성공의 실적을 쌓아가는 것이 무엇보다 중요합니다."

***

사랑은 이렇게 위대한 힘을 갖고 있습니다. 세상에 대해 '난 할 수 없다'라는 생각으로 주눅 들어 살던 엘러너 여사. 그녀가 두려움과 열등감에서 벗어나 사회활동에 열심인 맹렬 여성으로 변할 수 있었던 건 그녀에게 손을 내민 루스벨트의 사랑이 있었기 때문입니다. 어쩌면 불행하게 살다 갔을 수도 있는 인생을 멋진 인생으로 바꿔놓은 루스벨트의 사랑. 루스벨트가 미국 역사상 위대한 대통령으로 불릴 수 있게 된 이유를 그가 이룬 업적이 아닌, 그의 이런 사랑에서도 우리는 충분히 느낄 수 있습니다. 가정에서 이룬 사랑의 성공이 대통령으로도 성공을 거둘 수 있게 한 원동력이 된 것입니다.

우리도 누구나 사랑을 합니다. 하루에도 몇 번씩 전화를 걸어 식사를 거르지 않았는지, 일이 힘들지는 않은지 등의 안부를 묻고 사랑을 확인합니다. 지금 우리가 하고 있는 사랑도 위대한 사랑을 하고 있는 것입니다. 나를 생각하는 것보다 상대를 생각하는 마음이 몇 배, 아니 몇 십 배 더 큰 우리의 사랑도 상대에게 위로와 따뜻한 정을 가득 채워줘 힘과 용기와 희망을 주고 있으니까요.

사르트르와 영혼의 사랑을 속삭였던 보부아르는 이렇게 말했습니다.

"내가 모든 것을 버려도 좋다고 생각되는 사람은 결코 내가 모든 것을 버리지 않도록 최선을 다할 사람이다."

지금 그대가 사랑하는 사람은 분명 보부아르가 말한 사람입니다. 그 사람과 앞으로도 계속 좋은 사랑을 만들어가기 바랍니다. 💙

마지막 작별을 고할 때까지 두 개의 영혼이 함께 일하며, 서로를 돕고
성공과 불행을 나누며 하나가 되는 것은 위대하지 않은가.

―엘리어트

사랑한다면, 사랑하는 사람에게
언제나 녹아서 작아지는 비누가 되어주세요.

녹아서 작아지는 비누처럼

비누는 사용할 때마다 자기 살이 녹아서 작아지는, 드디어 흔적도 없이 사라진다. 그러나 그때마다 더러움을 없애준다. 만일 녹지 않는 비누가 있다면 쓸모없는 물건에 지나지 않을 것이다. 자기희생을 통해 사회에 공헌할 줄 아는 사람은 계속 좋은 비누지만, 어떻게 해서든 자기 것을 아끼려는 사람은 물에 녹지 않는 비누와 같다.

이는 미국의 백화점 왕 워너메이커가 한 말입니다. 사람의 삶 중에 희생하는 삶만큼 숭고한 삶은 없습니다. 희생을 바탕으로 성립되는 인간관계는 어느 것이나 아름답습니다. 사랑이 그렇고, 우정이 그렇고, 동료애가 그렇고, 전우애가 그렇습니다. 비누처럼 나를 희생해 상대를 돌보이게 하는 삶, 말은 쉽지만 실천하기는 어려운 삶입니다. 그러나 지금 누군가를 사랑한다면 상대를 위해 나를 희생하길 원합니다. 이런 마음이 없다면 참된 사랑이 아닙니다. 사랑받고 싶으면 사랑해야 합니다. 사랑이 아름다운 건 상대의 옷에 물든 때를 깨끗이 세탁해 화려하게 해주고, 상대의 몸에 찌든 때를 씻어 향기나게 해줘 세상을 당당하게 살아갈 수 있는 힘을 주기 때문입니다. 사랑한다면, 사랑하는 사람에게 언제나 녹아서 작아지는 비누가 되길 바랍니다. 🖤

신의 사랑은 가난한 자에게 은혜를 베푸는 자에게 내린다.
조건 없이 단지 인사만 하는 자에게는 곱절로 사랑이 내린다.

—탈무드

사랑을 지키기 위해 하는 사랑만큼
아름다운 사랑은 없습니다

사랑은 지키라고 있는 것

러시아 왕자 우루소프가 결혼을 해 흑해에서 신혼여행을 즐기
던 중 아내가 실수로 결혼반지를 바다에 빠트리고 말았습니다. 당
시 러시아에는 반지를 잃어버리면 신부를 잃는다는 속설이 있었습
니다.

"큰일 났군요! 결혼반지를 잃으면 신부도 잃는다고 하잖아요."

신혼 초에 아내를 잃게 된 우루소프는 무슨 생각에 골몰하더니
이렇게 말하며 손뼉을 쳤습니다.

"그래 흑해를 몽땅 사는 거야."

그가 흑해를 사기로 한 것은 자기 소유물인 물건은 잃어버리는
것이 아니라는 믿음 때문이었습니다. 즉 사랑하는 사람을 지키기
위한 그의 사랑이 그런 생각을 하게 했습니다. 그는 흑해 연안에 있

는 수백 명의 지주들을 설득하고 거금 4천만 달러를 지불했습니다. 그렇게 사랑을 나누며 행복하게 살다가 왕자가 죽자 이제 유족들은 반지 따위는 아무래도 상관이 없었습니다. 그래서 흑해 연안을 되팔기로 했는데, 무려 8천만 달러나 되었습니다. 사랑을 지키려 한 마음이 유족에게도 거금을 남길 수 있었던 것입니다.

***

사랑하는 사람은 누구나 사랑을 지키기 위해 사랑을 합니다. 그러나 사소한 것까지 배려하는 사랑은 그리 많지 않습니다. 이 이야기와 같은 사랑은 그리 많지 않습니다. 웬만한 사람이라면 속설쯤은 무시했겠지만, 우루소프 왕자는 그러지 않았습니다. 돈만 있다고 되는 것도 아니고 그곳에 있는 사람들을 일일이 설득해야 하는 번거로운 일이었는데도 마다하지 않은 것은 우루소프의 사랑이 그만큼 지극했기 때문에 가능했습니다. 귀찮은 생각에 그것보다 더 좋은 것으로 사주겠다며 그냥 넘어갈 수도 있는 일이었는데도 말입니다.

그런데 누구나 이러한 사랑을 상대에게 해주고 싶고, 또 받고 싶어 합니다. 그럼 한번 해 보세요. 지금 사랑하는 사람에게 그대의 따뜻한 마음을 전해줘 보세요. 지극한 사랑은 상대의 입장에서 생각하는 마음을 주는 것입니다. 우루소프의 사랑도 가만히 들여다보면 마음을 준 것입니다. 돈으로 흑해를 산 것도 사랑하는 사람에 대한 마음이 없었다면 불가능한 일이었습니다. 우루소프 왕자의 사랑에서 우리는 따뜻한 마음으로 상대를 사랑하면 그 사랑이 행운도 갖다 준다는 사실을 알 수 있습니다.

사랑의 선물 중 가장 소중한 선물은 따뜻한 마음으로 변치 않고 상대를 사랑해 주는 일입니다. 마음이 변치 않는 사랑만큼 아름다운 사랑은 세상에 없습니다. 사랑을 끝까지 지키는 사랑은 물질로 하는 사랑이 아니라 마음으로 하는 사랑임을, 잊지 않는 그대가 되길 바랍니다. 그리고 그대의 사랑이 그런 사랑이길 바랍니다. 🖤

사랑이 있는 곳에는 부족한 것이 없다.
– 브롬

사랑을 천당으로 만들려면

지옥에 가보니 모여 있는 사람들이 모두 바싹 말라 있었습니다. 먹지 못해 살이 마르고 기운이 빠져 있었던 것입니다. 그런데 그들의 옆에는 맛있는 음식들이 가득했습니다. 어찌된 영문인지 몰라 가만히 지켜보니 그들의 팔에는 긴 나무판이 묶여 있었습니다. 그 탓에 팔을 굽힐 수가 없었습니다. 하지만 저마다 음식을 한 움큼씩 들고 입으로 가져가려 했습니다. 그러나 팔이 구부려지지 않아서 음식을 입에 넣는 것은 불가능했습니다.

천당에 가보니 모두들 살이 통통하고 화색이 돌았습니다. 이번에도 가만히 지켜보니 그들에게 주어진 음식은 지옥의 그것과 똑같았습니다. 음식뿐만 아니라 팔에 나무판을 댄 것도 똑같았습니다. 그런데 그들은 지옥에 있는 자들과 다르게 행동하고 있었습니다.

그들은 손에 음식을 들고 자신의 입으로 가져가는 게 아니라 마주 앉은 자의 입에 넣어주고 있었습니다.

＊＊＊

　　영국작가 존 버니언의 「천로역정」에 나오는 글입니다. 사람은 사랑을 얘기하고 사랑을 합니다. 모두 다 행복을 꿈꾸면서 사랑을 합니다. 그러나 사랑이라고 해서 천당같이 행복이 되는 것은 아닙니다. 사랑에도 지옥이 있고, 천당이 있습니다. 그래서 이혼이 있고, 이별이 있습니다. 사랑을 행복한 천당으로 만들려면 나보다 상대를 먼저 생각하는, 배려하는 마음과 희생하는 정신이 있어야 합니다. 위의 글에서도 보듯이 지옥과 천당은 따로 정해져 있는 것이 아니라 그곳에 소속된 사람들이 만드는 것입니다.

　　똑같은 조건에서 지옥의 삶을 사느냐, 천당의 삶을 사느냐는 순전히 그곳에 사는 이들의 마음가짐과 정신상태에 달려 있습니다. 자기 사랑은 지옥으로 만들고 싶은 사람은 아무도 없습니다. 그러니 그대의 사랑을 천당으로 만들려면 어떻게 해야 하는지 아시겠죠? 채근담에 이런 말이 있습니다.

세상을 살아가면서 한 발 양보하는 처세를 높게 평가하므로 물러서는 것은 곧 스스로 전진하는 토대가 된다. 사람을 너그럽게 대하는 것은 복이 되므로 남을 이롭게 하는 것은 자신을 이롭게 하는 바탕이 된다.

마음에 새겨두면 행복이 될 수 있는 것입니다. 🖤

사랑할 수 있는 능력은 신이 인간에게 준 최고의 선물이다.

—칼릴 지브란

우리 사랑이 새끼를 사랑하는 어미의 사랑 같다면

벼랑 위에 서 있는 나무에 독수리가 둥지를 틀고 새끼를 기르고 있었습니다. 독수리는 이제 갓 태어난 새끼에게 맛있는 먹거리를 먹이고 싶었습니다. 눈을 부릅뜨고 주위를 살펴보니, 마침 새끼 여우가 골짜기에서 서성거리고 있었습니다. 그것을 본 독수리는 획 날아올랐습니다. 그리고는 바로 골자기로 수직하강해 새끼 여우를 낚아챘습니다. 그러자 어미 여우가 허둥대며 소리를 질렀습니다.

"독수리 나리, 독수리 나리, 제발 놓아주세요. 제 새끼를 돌려주세요."

그러나 독수리는 어미 여우의 애타는 소리를 들은 척도 하지 않고 새끼 여우를 둥지로 갖고 갔습니다. 어미 여우는 어쩔 줄 몰라 하다가 무슨 생각을 했는지 기슭에 있는 나무꾼의 집으로 달려갔습니다. 그리고는 아궁이에서 불타고 있는 장작을 입에 물고 독수리의 둥지가 있는 나무 밑으로 달려갔습니다. 그 나무를 불태우려는 것이었습니다. 그 광경을 본 독수리는 깜짝 놀라 외쳤습니다.

"여우님 제발 그만 두세요. 새끼 여우를 돌려드릴 테니 제발 그만 두세요. 새끼 여우는 이렇게 멀쩡하게 살아 있으니 어서 데리고 가세요. 이제야 저도 새끼가 얼마나 사랑스러운지를 알게 되었어요."

이렇게 말하면서 독수리는 몇 번이나 고개 숙여 사과했습니다.

***

이는 모성이 얼마나 강하고 숭고하며 아름다운지에 대해 쓴 글입니다. 세상에서 모성만큼 희생을 바탕으로 한 사랑은 없습니다. 그러기에 모성 앞에 있는 시련은, 장해물이 될 수는 있지만 이겨내지 못할 것은 아닙니다. 이런 모성 같은 사랑이 연인간의 사랑이라면 얼마나 아름다운 사랑일까요. 그런데 이런 사랑이 없는 것은 아닙니다.

그 대표적인 사랑이 미망인과의 사랑에 빠진 영국 윈저공의 사랑입니다. 결혼했던 사람과 결혼하려면 왕위를 포기해야 하는 영국 왕가의 규칙에 따라 왕위마저 미련 없이 버린 윈저공의 사랑. 이런 윈저공의 사랑을 혹자는 미친 짓이라 말할 수도 있겠지만, 명예와 부와 권력을 사랑보다 못한 것으로 여긴, 오직 순수하게 사랑의 본질을 충실히 지킨 윈저공의 사랑에 경의를 표하지 않는 사람은 아마 드물 것입니다.

이런 사랑을 우리는 '세기의 사랑'이라며 칭송하고, 그런 사랑이 내 사랑이기를 소망하기도 합니다. 그러나 우리 사랑이이라고 이런 사랑이 되지 말라는 법은 없습니다. 세상에 있는 모든 것을 지금 사랑하는 사람과의 사람보다 못한 것으로 여기는 맘만 있다면, 그리하여 어떤 유혹에도 흔들리지 않는 사랑을 만들 수만 있다면 우리 사랑도 '세기의 사랑'이 될 수 있습니다.

우리는 알고 있습니다. 지금의 사랑이 모성을 지닌 사랑을 만드는 것임을. 자식을 향한 절대적 사랑을 만드는 지금의 사랑이, 미움이 자라는 사랑이 되어 파경을 맞는다면 참으로 슬픈 일입니다. 사랑하는 사람과 만들어 가세요. 끝없는 사랑을, '온리 유'하는 사랑을. ♥

사랑은 억지로 하려고 한다고 되는 것이 아니다. 사랑은 마음속에서
저절로 생겨나지 않으면 안 된다. 사랑은 강제로 생겨날 수 없다.
사랑은 어떠한 지리적 거리도, 폭풍우도 문제 삼지 않는다.
사랑이 있으면 어디에 있든 행복하다. 그리고 사랑은 시간을 초월한다.

– 란슬롯

목숨도 아깝지 않다는 마음을 갖게 하는 사랑
그 사랑과 오늘도 잠드는 그대는 행복한 사람입니다.
그리고 사랑이 있는 진짜 이유를 그대는 갖고 있는 사람입니다.

목숨도 아깝지 않다는 마음을
갖게 하는 사랑

사랑은 삶으로 하여금 사랑하는 이를 위해서라면 목숨도 아깝지 않다는 마음을 갖게 한다. 사랑을 위해서라면 죽어도 좋다는 마음이 되는 것이다. 그것은 남녀가 모두 같다. 그 전형적인 예로 페리아스의 딸 알케스티스[1]를 들 수 있는데, 그녀는 남편을 위해 자진해서 목숨을 던졌다. 남편에게는 아버지와 어머니도 있었지만, 그녀 외에는 누구도 목숨을 버리려 하지 않았다. 그녀의 아름다운 사랑

---

1 알케스티스는 그리스신화에 나오는 테살리아 왕 아도메토스의 아내다. 아드메토스는 아폴론에게 따뜻하게 대해준 대가로 운명이 다했을 때 친척 한 사람이 대신 죽으면 죽지 않고 살 수 있다는 약속을 받았다. 그러나 그때가 되었을 때 어느 누구도, 심지어 그의 늙은 부모 대신 죽기를 거부했다. 그런데 아내인 알케스티스는 자진해서 그를 대신해 죽었다. 헤라클레스는 아드메토스를 찾아갔다가 그 사실을 알고 명부에 가서 알케스티스를 구해준다.

은 부모의 사랑보다 강했기 때문에, 부모라도 죽음 앞에서는 생판 남에 지나지 않는다는 것을 뼈저리게 느끼게 했다. 그녀의 행동은 인간뿐만 아니라 신들의 눈에도 고귀하게 보였기 때문에 신들은 그녀의 미덕을 칭찬해 그 영혼이 지상으로 내려오는 것을 허락했다고 한다. 이처럼 신들도 열정적인 사랑과 용기를 칭찬해주신다.

***

플라톤의 「향연」에 있는 사랑에 관한 이야깁니다. 이 글에서 플라톤은 사랑하는 사람에 대한 사랑이 자식을 향한 부모의 사랑보다 낫다고 표현하고 있습니다. 어찌 보면 우리의 정서와 거리가 있는 듯하지만 사랑하는 사람에 대한, 사랑에 관한 말은 공감을 주기에 충분합니다. 사랑하는 순간 우리는 사랑하는 사람에 대해 이런 마음을 갖게 되니까요. 그리고 그런 사랑을 위해 죽어도 좋다는 생각을 해보지 않은 사랑은, 사랑이라 하기엔 뭔가 크게 부족해 보입니다. 어쩜 사랑이 아니라고 하는 게 더 나을 정도로. 목숨도 아깝지 않다는 마음을 갖게 하는 사랑, 그 사랑과 오늘도 잠드는 그대는 행복한 사람입니다. 그리고 사랑이 있는 진짜 이유를 그대는 갖고 있는 사람입니다.

사랑은 그 자체가 에너지다. 그것이 고유한 가치다.

— 손턴 와일더

지금 그대가 사랑하는 사람이 그대에겐 천국입니다.
그대가 그 사람을 세상에 있는 어떤 것보다 먼저 생각한다면.

결혼은 사랑으로 사는 천국

어떤 장교의 젊은 아내가 남편의 전출지로 이사를 갔습니다. 부부가 이사 간 곳은 오지나 다름 없었습니다. 사막 한가운데 있는 부대 주변 마을은 문화시설이라곤 눈 씻고 찾아봐도 없었고, 군인들 외에는 인디언 원주민과 멕시코인 뿐이었습니다. 게다가 사택이 부대 안에 있었기 때문에 감옥이나 다름없는 생활을 해야 했습니다. 참다못한 부인은 친정어머니에게 편지를 보냈습니다.

'더 이상은 못 참겠어요. 그이와 이혼하고 새 출발을 하고 싶어요.'

딸의 편지를 받은 어머니는 이렇게 답장을 보내왔습니다.

'죄수 두 사람이 같은 감방에 갇혀 있었단다. 한 사람은 창살을 보면서 방이 좁다고 했고, 한 사람은 창 너머를 보면서 별이 참으로 많이도 있구나 했단다. 그런데 그 감옥이 바로 네가 있는 집이란다.'

＊＊＊

　사랑과 결혼은 좀 다른 것 같습니다. 연애기간 동안 죽고 못살 겠다고 사랑하던 사람들도 이혼의 아픔을 선택하는 사람이 있는 것을 보면. 물론 결혼은 사랑이 현실과 만나는 자리이기 때문에 이해되지 않는 것은 아닙니다. 어쩌면 결혼은 사랑에 책임을 더 크게 지워줌으로써 진정한 사랑을 만들어갈 기회를 준 것이라는 생각이 듭니다. 연애가 하나가 되기 위한 만남의 과정이었다면, 결혼은 하나로 합쳐지는 실천의 과정입니다. 하나로 합쳐지는 실천의 과정은, 자신과 맞지 않는 상대의 단점과 다투는 시간이 아니라 상대의 단점을 사랑으로 감싸 안는 배려의 시간입니다. 어떠한 상황이라도 상대를 배려하는 마음으로 산다면, 결혼은 사랑으로 사는 천국이 될 수 있습니다. 그대와 지금 함께 하는 사람과 얼마든지 만들 수 있습니다. 사랑하는 사람이 어떤 것보다 우선하면 사랑하는 사람과 있는 곳, 그곳이 어디든 천국이 될 수 있습니다. 그대가 그 사람을 세상에 있는 것보다 먼저 생각한다면. 지금 사랑하는 사람과 그곳이 어디든 천국을 만드세요. ♥

행복한 가족은 서로서로 닮은 데가 많다. 그러나 불행한 가족은
그 자신의 독특한 방법으로 인해 불행하다.

— 톨스토이

사랑이 주는 힘은 세상의 어떤 어려움도
헤쳐 나가고 남을 만큼 넉넉함을 갖고 있습니다.

사랑하는 사람을 마음에 두면

내 소녀의 눈에는 사랑이 깃들였네.
그를 보는 사람은 거룩하여라.
그대 나의 비길 바 없는 기쁨이로다.

가까이 있으면 내 머리를 숙이고
까닭 없는 잘못을 뉘우치도다.

그대 가는 곳에 오만과 노여움이 가시도다.
바라노라, 나에게 그대 받들 슬기로움을.

그대 말을 들으면 내 마음 스스로 가라앉고,
내 머리 스스로 숙여지도다.
그 모습 보는 이에게 영광 있도다.
그대 웃음 처음 보는 거룩한 기적이여!
말도 미치지 못하고 기억에도 남기지 못하도다.

단테의 시집 「신생(新生)」에 실려 있는 시로, 단테가 스물다섯 살 때 세상을 떠난 첫사랑 베아트리체와의 슬픈 추억을 읊은 시입니다. 이 시처럼 베아트리체는 단테에게 시를 꽃피울 수 있게 한 힘이었고, 가슴속 깊은 곳에 자리 잡은 마음의 주인이었습니다.

단테가 운명의 여인인 베아트리체를 처음 만난 건 아홉 살 때였습니다. 단테가 아홉 살 되던 해의 어느 화창한 봄날, 꿈 같은 도시 플로렌스에서 처음 만난 동갑내기 베아트리체의 모습은 단테의 가슴속에 깊이 새겨졌습니다. 어엿한 청년이 된 단테가 역시 아름다운 처녀가 된 베아트리체를 다시 만난 건 9년 전과 같은 화창한 봄날로, 아루로 강의 비키오 다리 위에서였습니다. 베아트리체는 단테에게 상냥하고 신비한 미소를 지으며 인사를 했습니다. 천사와 같이 아름답고 청초한 베아트리체의 모습은 단테의 가슴에 고귀한 것에 대한 갈망과 분발심을 심어주었습니다. 그날 이후로 단테는 베아트리체에게 부끄럽지 않은 사람이 되기로 스스로에게 다짐하고, 지식 습득과 고전문학 탐독에 열을 올렸습니다. 그리고 그동안 써 오던 시 창작에도 더욱 힘을 쏟았습니다. 이 시 중에는 베아트리체를 향한 시가 많았고, 그녀에 대한 맑고 아름다운 마음에서 솟아나는 시들은 한없이 청신해서 읽는 이들에게 따뜻한 감동을 주었습니다. 단테는 차츰 서정시인으로 문단에서 인정받게 되었습니다. 그러나 젊은 시인의 행복한 시절은 쏜살같이 지나가고 단테가 스물다섯 살 되던 해 여름, 첫사랑 베아트리체는 요절하고 말았습니다. 단테의 슬픔은 이루 말 할 수 없었습니다.

***

아름답지만 슬픈 사랑이야기입니다. 사랑하는 사람이 마음속에 들어오는 순간부터 사람들은 변하기 시작합니다. 단점을 고치려 애쓰고, 게으름을 부지런함으로 바꾸고, 평범함은 노력함으로 전환합니다. 사랑하는 사람에게 어울리는 사람이 되겠다는 마음가짐으로 꿈을 향한 전진을 멈추지 않습니다. 아무리 고달프고 힘들어도 견뎌냅니다. 사랑이 주는 힘은 세상의 모든 어려움을 헤쳐 나가고도 남을 만큼 넉넉한 힘을 갖고 있습니다. 단테가 자신의 삶을 성공한 문인으로 만든 데는 베아트리체를 향한 사랑의 힘이 컸습니다. 베아트리체에게 부끄럽지 않은 사람이 되겠다는 결심이 그를 그렇게 만들었기 때문입니다. 사랑하는 사람은 곁에 있다는 것만으로도 이렇게 큰 힘을 사랑하는 사람에게 줄 수 있습니다. 비록 베아트리체는 젊은 날에 요절해 단테에게 슬픔을 주었지만, 단테의 순수한 사랑을 성공할 수 있게 도와준 것이나 다름없습니다. 누군가에게 사랑하는 사람이 된다는 것은, 그것만으로도 한 사람의 인생을 바꿀 수 있는 큰 힘을 갖게 되는 것입니다. 지금 사랑하는 사람이 곁에 있는 사람은, 다른 것 하나 없어도 행복한 사람입니다. 사랑하는 사람의 인생에 도움을 주는 사랑을 만들며, 오늘도 사랑하며 살아가세요. ♥

> 사랑하는 사람과 순수한 양심을 가진 사람에게 인생은 달콤하고도 유쾌한 것이다.
>
> — 톨스토이

우리가 무엇을 좋아한다는 것은 어떤 마음일까요?
일시적인 마음일까요, 영원한 마음일까요?

누군가를 좋아하려면

삼국지를 읽어보았겠지요?

이번 이야기는 삼국시대 손권 밑에서 일하던 정천이란 사람에 관한 이야깁니다. 그는 술을 참으로 좋아했던 것으로 알려져 있습니다. 어찌나 술을 좋아했던지, 깊이 잠이 들었다가도 술이란 말만 들리면 자리에서 벌떡 일어나곤 했습니다. 책을 읽다가도 술, 길을 걷다가도 술, 잠을 자다가도 술이었습니다. 그러던 그가 임종을 맞아 다정했던 친구들에게 간절한 유언을 남겼습니다.

"내가 죽거든 부디 내 시체를 질그릇 만드는 굴 곁에다 묻어주게나.
백 년 후에 내 백골이 삭아서 흙이 되면 누가 알겠는가, 그 흙을
파다 술병을 만들지…… 그러면 나의 소원은 성취될 것이네."

***

우리가 무엇을 좋아한다는 것은 어떤 마음일까요? 일시적인 마음일까요, 영원한 마음일까요? 아마 두 마음 모두일 것입니다. 사람의 마음은 가변성을 지니고 있기 때문입니다.

그러나 사람을 좋아하는 것은 영원한 마음이었으면 합니다. 요즘은 쉬 싫증을 느끼는 시대입니다. 일회용 상품이 많듯 일회용 만남도 많은 시대입니다. 한때 사랑은 움직이는 것이라는 말이 유행한 적도 있습니다. 급변하는 시대이듯 사람의 관계도 급변합니다. 그런데 이상한 것은, 자유로운 만남을 갖고 사는 현시대의 사람들이 '군중 속의 고독'을 예전보다 더 많이 느낀다는 것입니다. 그 이유는 무엇일까요? 그것은 몸으로 만나는 사람은 늘어난 반면 마음으로 만나는 사람은 예전보다 줄어들었기 때문입니다. 사람을 소중히 여기는 사상이 물질에 가려졌기 때문입니다.

그래서 지금 사람들이 더 지고지순한 사랑을 갈망하고 변치 않는 우정을 소원합니다. 그래요, 좋아하려면 정천이 술을 좋아하는 것만큼은 되어야겠지요. 죽어서도 좋아하는 것을 담을 수 있는 질

그릇이 되기를 소원하는 정도는 되어야겠지요. 사랑하는 사람에 대한 그대의 감정이, 그리고 친구에 대한 우정이 적어도 정천이 술을 좋아하는 정도는 되어야겠지요. 누군가를 좋아하려면 이 정도는 되어야 사랑하는 사람에게 부끄럽지 않고, 친구에게 우정을 얘기할 수 있을 것입니다.

그대의 사랑과 우정은 지금 어떻습니까? 💜

사랑에는 신뢰받을 필요가 있고, 우정에는 이해받을 필요가 있다.
- 보나르

사랑한다면 방해물이 앞을 가로막더라도
더욱 변함없는 마음으로 힘을 내어 사랑하세요.
그러면 그 사랑이 언젠가는 기쁨의 눈물을
흘릴 수 있는 행복을 가져다 줄 것입니다.

사랑이란 무엇일까요

어느 나라의 임금님이 종으로 있던 여자를 열렬히 사랑하게 되어 여자를 종들의 거주지에서 궁전으로 옮기게 했습니다. 임금님은 여자와 결혼해서 애비(愛妃)로 두려 했던 것입니다. 그런데 여자는 그날부터 시름시름 앓기 시작하더니 병은 점점 깊어만 갔습니다. 세상에 내노라 하는 모든 의원의 진찰을 받고 효험이 있다는 약은 다 써봤지만 병은 좋아지지 않고 더욱 나빠져만 갔습니다. 결국 여자는 생과 사를 오가는 지경에까지 이르게 되었습니다. 이렇게 되자 임금님 역시 마음이 너무 아팠습니다. 그래서 누구라도 여자의 병을 고치는 사람에게는 왕국의 절반을 주겠다는 포고문을 내걸었습니다. 그러나 어느 누구도 여자의 병을 고치겠다고 찾아오는 사람이 없었습니다. 둘째가라면 서러운 유명한 의사들도 고치지 못했다는 것을 이미 소문으로 알고 있었기 때문입니다.

그런 어느 날 태수 한 명이 임금님을 찾아왔습니다. 태수는 임금님께 여자를 단독으로 만나게 해달라고 청했고 임금님은 그 청을 흔쾌히 들어 주었습니다. 임금님은 밖에서 태수가 어떤 처방전을 가지고 나올까, 노심초사하며 기다렸습니다. 꽤 시간이 흐른 뒤 태수가 나와 임금님 앞에 앉았습니다. 왕이 초조하게 물었습니다.

"그래 병명은 알아냈소?"

"예."

"그래요! 그럼 고칠 수도 있겠소?"

병명을 알아냈다는 말에 임금님은 반색을 하며 물었습니다. 태수는 조금 어두운 낯빛을 띠며 대답했습니다.

"폐하, 저는 그녀의 병명을 확실히 알아냈습니다. 치료할 수도 있고요. 만약 성공하지 못하면 저의 목을 기쁘게 바치겠습니다. 그러나 한 가지 제가 하고자 하는 의술엔 극단적인 고통이 따릅니다.

"사람만 살릴 수만 있다면…… 얼른 시술해 보시오!"

"그런데 그 극단적인 고통은 그녀가 겪는 것이 아니라 폐하께서……."

"내가? 어허 그렇게 다행스러울 때가 있나! 그녀가 겪는 것을 보느니 내가 고통스러운 게 더 낫지. 어떠한 고통도 참아 낼 테니 더 늦기 전에 시술하도록 하오."

임금님 말에 태수는 임금님을 애처롭게 바라보며 말했습니다.

"그녀는 여기 오기 전부터 폐하의 시종과 사랑에 빠져 있었습니다. 그 남자와 결혼을 하게 허락해 주시면 금방 나을 것입니다."

임금님은 태수의 말에 하늘이 무너지는 듯한 충격을 받았습니다. 임금님 역시 그녀를 보내 주기에는 너무나 깊이 그녀를 사랑하고 있었기 때문입니다. 임금님은 한동안 아무 말도 없이 생각에 잠겨 있었습니다. 그러더니 임금님은 태수를 불러 "태수의 처방전대로 시술하기 바라오."하고 힘없이 말했습니다. 임금님 역시 그녀를 보낼 수 없도록 사랑했지만 그것보단 여자를 죽게 내버려둘 수 없을 정도로 그녀를 더욱 사랑했기 때문입니다.

***

이것이 바로 참사랑이겠지요. 그리고 이처럼 한 사람을 지극한 마음으로 사랑하면 이루는 날도 있는 것. 지금 무언가에 사랑이 막혀 앞으로 갈 수 없더라도 변함없는 마음으로 사랑을 보내면 언젠가는 막혔던 앞이 열리고 사랑은 이뤄질 것이라고 이 이야기는 말하고 있습니다. 운명의 사랑은 어떤 시련과 난관도 뚫고 나가게끔 되어 있습니다. 사랑한다면 방해물이 앞을 가로막더라도 더욱 변함없는 마음으로 힘을 내어 사랑하세요. 그러면 그 사랑이 언젠가는 기쁨의 눈물을 흘릴 수 있는 행복을 가져다 줄 것입니다. 🩶

세상에서 가장 아름답고 최고의 것은 보거나 만질 수 없다.
가슴으로 느껴져야만 한다.
　　　　　　　　　　　　　　　　-헬렌 켈러

사랑은 서로의 부족한 점을 채워주기 위해 만난,
세상에 있는 어떤 만남보다 필요한 만남입니다.

사랑은 혼자 있으면 불편한 것

바다 속에서 큰 해일이 일었습니다. 그 바람에 물고기들이 다치
는 일이 발생했습니다. 그 속에는 거북이와 자라도 있었습니다. 거
북이는 눈을 다쳐 앞을 볼 수 없었고, 얼마 떨어지지 않은 곳에 있
던 자라는 다리를 다쳐 헤엄을 칠 수 없게 되었습니다. 거북이와 자
라는 다친 상처를 움켜쥐고 울 수밖에 없었습니다. 거북이가 한참
동안 울다가 가만히 들어보니 얼마 떨어지지 않은 곳에서 자라가
우는 소리가 들렸습니다. 거북이는 눈을 움켜쥐고 자라 곁으로 가
물었습니다.

"자라야, 너는 왜 우니?"

그러자 자라가 하소연하듯 말했습니다.

"나는 먹을 것을 보고도 걸을 수가 없어 이렇게 울고 있단다.

그런데 넌 왜 그렇게 슬픈 표정으로 얼굴을 가리고 있니?"

이번엔 거북이가 대답했습니다.

"나는 눈을 다쳐서 운단다."

거북이와 자라는 얘기를 나누다 보니 서로 처지는 다르지만 사정이 같다는 것을 알게 되었습니다. 그래서 자라가 거북이에게 이렇게 제안했습니다.

"우리 처지는 서로 다르지만 사정이 같으니 도우면서 함께 살도록 하자."

그러자 기다렸다는 듯이 거북이는 자라의 제안을 수락했습니다. 그리하여 다리 없는 자라가 눈 없는 거북이 등에 업혀 함께 다니면서 먹을 것을 찾아내어 나누어 먹으면서 살았습니다.

그러던 어느 날 자라가 맛있는 과일을 따서는 저만 먹고 거북이는 주지 않았습니다. 이를 안 거북이가 자라에게 화를 냈습니다.

"어찌하여 맛있는 과일을 너만 먹고 나는 주지 않았느냐?"

이렇게 하여 자라와 거북이는 틈이 생겨 갈라서게 되었습니다. 그런데 각자 생활을 하다 보니 눈 없는 거북이는 거북이대로, 다리를 잃은 자라는 자라대로 불편한 것이 한두 가지가 아니었습니다. 며칠 동안 굶고 배가 고파 견딜 수 없게 되자 둘은 서로 도우면서 배불리 먹던 때가 그리워졌습니다.

그렇게 또 며칠이 지나자 둘은 배고파 울지 않을 수 없었습니다. 서로 잘못을 뉘우치고 있을 때 지난번처럼 거북이가 다시 자라 곁으로 다가갔습니다. 자라 역시 거북이를 보고 싶어하던 차라, 둘은 누가 먼저랄 것도 없이 와락 껴안았습니다.

***

사랑은 혼자 있으면 불편해지는 것입니다. 사랑은 서로의 부족한 점을 채워주기 위해 만난, 세상에 있는 어떤 만남보다 필요한 만남이기 때문입니다. 사랑은 함께 하면 즐겁고 떨어져 있으면 그리운 관계입니다.

우리는 자신에게 익숙해진 사람을 함부로 대할 때가 있습니다. 향기는 처음 맡을 땐 진동합니다. 그러나 그 향기 속에서 오래 생활하다 보면 밋밋하게 변해버립니다. 이는 향기가 사라진 것이 아니라 그 향기 속에 자신이 동화되었기 때문에 생겨나는 현상입니다. 즉 소중한 사람이 되었다는 것입니다.

그런데 사람들은 가까운 사람일수록 함부로 대하는 경향이 있습니다. 편하게 여기는 것과 함부로 대하는 것은 다릅니다. 편하게 대하는 것은 마음으로 만나는 것이고, 함부로 대하는 것은 인격을 무시하는 것입니다. 이렇게 곁에 있으면서도 소중함을 느끼지 못하는 사람은, 멀리 떨어져 있으면 뼛속 깊이 느끼게 됩니다. 그러나 마음의 상처를 입은 해어짐은 다시 결합하기 쉽지 않습니다. 혼자 있으면 불편한 사람, 그 사람은 함께 있으면 편안한 사람입니다. 함께 있으면 편안해지는 사람, 그 사람을 언제나 소중하게 생각하며 사세요. 그대에게 가장 큰 행복을 만들어주는 사람이니까요. 🖤

손이 손을 씻어준다.
– 에피카르모스

사랑은 사랑하는 사람에게 용기와 믿음을 주는 것입니다.
그리고 그가 잘하는 분야에서 성공할 수 있도록 내조에,
또는 외조에 최선을 다하는 것입니다.

사랑은 용기를 주는 것

미국의 저명한 소설가 나다니엘 호손이 아직 무명이던 시절의 일화입니다.

어느 날 그가 침울한 표정으로 집에 들어와 아내 소피아에게 다니던 직장에서 해고당했다고 했습니다. 그런데 비참한 표정을 지을 줄 알았던 소피아는 반대로 기쁨의 환호를 터트리더니 이렇게 말했습니다.

"마침내 당신은 문학을 할 수 있게 되었단 말이군요?"

그러자 호손은 더욱 침울한 소리로 말했습니다.

"하지만 내가 글을 쓰는 동안 우린 어떻게 살아간단 말이오?"

소피아는 웃으며 서랍을 열더니 상당한 돈을 꺼내 보였습니다. 호손이 놀라 물었습니다.

"아니, 이렇게 많은 돈이 어디서 났소?"

아내가 대답했습니다.

"난 당신이 천재적인 작가라는 사실을 오래 전부터 알고 있었어요. 언젠가는 명작을 남길 거라고 믿고 있었어요. 그래서 주일마다 당신이 가져다주는 생활비에서 조금씩 떼어놓았지요. 이 돈이면 우린 앞으로 일 년 동안은 넉넉하게 지낼 수 있다구요."

호손의 대표작 「주홍 글씨」는 이처럼 아내 소피아의 믿음에서 탄생된 것이라 해도 과언이 아닙니다.

＊＊＊

너무나 현명한 아내 소피아지요. 직장을 잃었다고 하면 웬만한 사람들은 걱정부터 앞세우기 먼저인데, 환하게 웃으면서 용기부터 주니 말이지요. 세상에서 성공한 남자들을 보면 아내들의 내조에 의해 성공한 사람들이 참으로 많습니다. 호손도 아내가 돈을 벌어오라고 바가지부터 긁었다면 작가로서 성공하기는 힘들었을지도 모릅니다. 남편을 믿고 그가 글을 쓸 수 있도록 조금씩 돈을 모아온 아내의 현명함이 호손을 세계적인 작가로 만든 것입니다. 사랑은 사랑하는 사람에게 용기와 믿음을 주는 것입니다. 그리고 그가 잘 하는 분야에서 성공할 수 있도록 내조에, 또는 외조에 최선을 다하는 것입니다. 그대도 지금 사랑하는 사람에게 용기와 믿음을 주는 그런 사랑을 하고 있는 현명한 사람이겠지요. ♥

사랑하는 기술은 어렵지 않다. 오히려 사랑받는 기술이 어렵다.

– 알퐁스 도데

한번뿐인 인생에서
사랑이라도 제대로 하다가 죽는 것은
어쩌면 세상에서 얻을 수 있는 가장 큰 행복일지 모릅니다.

참사랑은 돈으로도
어찌해 볼 수 없는 것

모피 장사로 성공한 아이젠시타인은 새로 들어온 비서에게 한눈에 반했습니다. 그는 매일 비서에게 치근덕거렸습니다. 고급 레스토랑으로 데리고 가겠다고 하고, 값비싼 반지를 사주겠다고 하고, 상점에서 가장 비싼 모피를 가지고 가도 된다고 꼬였습니다. 그러나 비서는 전혀 상대를 하지 않았습니다.

그럴수록 그는 비서에게 점점 더 집요하게 들러붙었습니다. 비서도 이제 더 이상 견딜 수 없게 되었습니다. 그날도 아이젠시타인은 비서를 방으로 불러 치근덕대기 시작했습니다.

"나를 봐. 내가 공중에 붕 뜰 수 있을 것 같은 대답 좀 해 봐!"

그러자 비서가 기다렸다는 듯이 말했습니다.

"그래요? 그렇다면 목을 매시면 될 텐데요."

* * *

비서의 마지막 말이 재치가 기막히네요. 요즘은 물질만능주의로, 돈이면 다 된다는 생각을 가지고 있는 사람들이 많이 있습니다. 하지만 이 글의 비서에서 보듯이 물질을 별거 아닌 것으로 생각하는 사람들도 많이 있는 게 또한 세상입니다. 이것은 사랑일 때 더 확고하게 나타납니다. 사실 물질은 먹고사는데 지장만 없으면 그리 욕심낼 것이 못됩니다. 그것보다는 자신이 하는 일이, 자신이 하고픈 일인지가 행복에 더 영향을 미칩니다. 사랑도 마찬가지입니다. 서로 열심히 일해 먹고사는데 지장만 없다면, 물질이 아니라 자기가 사랑하는 사람을 선택하는 것이 더 행복을 줍니다. 한번뿐인 인생에서 사랑이라도 제대로 하다가 죽는 것은 어쩌면 세상에서 얻을 수 있는 가장 큰 행복일지 모릅니다. 지금 그대의 사랑은 어떤 사랑을 하고 있습니까? 🩶

사랑하는 것만으로는 부족하다. 상대가 사랑받고 있다고
느낄 때까지 사랑하라.

　　　　　　　　　　　　　　　　-조 바니 보스크

PART 02

제2장_그대의 사막에도
우정꽃이 피기를…

참된 우정은

뒤에서 보나, 앞에서 보나 같다.

앞에서 보면 장미,

뒤에서 보면 가시와 같은 것이 아니다.

– 뤼케르트

인간관계에서 믿음만큼
그 관계를 튼튼하게 해주는 것도 없습니다

믿고 맡기면

  춘추시대에 복자천이란 사람이 있었습니다. 그는 단부라는 마을을 다스리고 있었는데, 관내 순시나 행정엔 일체 관심을 보이지 않고 거문고만 뜯으며 세월을 보냈습니다. 그런데 그 마을은 거문고 소리만큼이나 평화로웠고, 복자천 역시 아무 탈 없이 임기를 마치고 물러났습니다.

  그 뒤 무마기란 사람이 후임으로 와서 이 마을을 다스리게 되었습니다. 무마기는 마을을 잘 다스려보려고 쉴새없이 이 마을을 돌아다니면서 행정 하나하나에 신경 쓰고 관리들을 지도했습니다. 그러던 어느 날 전임이었던 복자천이 거문고만 뜯고 지냈어도 마을이 평화로웠다는 얘기를 듣게 되었습니다. 무마기는 그 비법이 무엇인지 알고 싶어 복자천을 찾아가 물었습니다.

제2장_그대의 사막에도 우정꽃이 피기를⋯ | 059

"거문고만 타면서도 마을을 평화롭게 다스릴 수 있었던 방법이 무엇인지 알고 싶어 왔습니다."

그러자 복자천이 얼굴에 미소를 담고 말했습니다.

"나는 무엇보다도 사람을 믿기 때문에 가자가 맡은 일을 스스로 알아서 하도록 간섭하지 않았소. 그래선지 각자가 맡은 일을 성심껏 해줘서 평화롭게 백성들을 다스릴 수 있었소."

***

인간관계에서 믿는다는 것만큼 그 관계를 튼튼하게 해주는 것도 없습니다. 누구나 예전에 선생님이나 부모님이 믿고서 자신에게 무엇을 맡기면, 자신을 믿어주는 것이 신나서 맡은 일에 최선을 다했던 기억을 하나쯤은 가지고 있을 것입니다. 이것은 지금도 마찬가지입니다. 지금도 누군가 자신을 믿어주면 없던 힘이 생겨남을 느낄 수 있습니다. 방금 전까지 자신 없던 마음에 자신감이 생겨남을 느낄 수 있습니다. 우리는 상대에게 자신감을 심어주는 사람이 되어야 합니다. 상대에게 패배감을 심어주는 사람이 되어서는 안 됩니다. 넌 할 수 있다는 자신감을 심어주는 사람이 된 다음엔 기다려

주는 사람이 되어야 합니다. 실수를 실수로 끝내고, 아무리 많은 실수를 하더라도 비난의 칼을 빼들지 말고 묵묵히 믿음의 눈빛을 보내주어야 합니다. 그러면 상대는 실수를 딛고 일어서는 성공의 모습을 반드시 보여줄 것입니다. 이어 눈물 한 방울로 상대는 고마움의 인사를 해올 것입니다. 그 고마움의 눈물을 받는 사람이 우리가 되고, 그대가 되고, 내가 되는 것은 어떨까요? 가족에게서, 친구에게서, 사랑하는 사람에게서, 이웃에게서 우리가 그런 사람이 되는 건 어떨까요? 그러면 우리가 사는 세상은 참으로 따듯해질 것입니다. 🍃

신임하라, 그러면 그는 너에게 진실할 것이다. 위대한 사람으로
대우하라, 그러면 그는 스스로 위대하게 행동할 것이다.
— 에머슨

사람은 자기 그릇 크기만 한 친구밖에 곁에 둘 수 없다고 합니다.
그대의 우정 그릇을 그 어떤 그릇보다 크게 하세요.

자기를 알아주는 친구에겐

춘추시대의 대국 제(齊)나라에서는 관중(管仲)과 포숙아(鮑叔兒)
라는 두 사람이 왕을 모시고 있었습니다. 두 사람은 젊었을 때부터
아주 가까운 사이로, 둘도 없는 친구였습니다.

그들이 동업으로 장사를 했을 때, 관중이 제 몫을 보다 많이 차
지했지만 포숙아는 그를 욕심쟁이라고 탓하지 않았습니다. 관중이
자기보다 더 가난하다는 것을 알고 있었기 때문입니다. 또 관중이
관직에서 여러 번 파면되었지만 포숙아는 그를 무능하다고 욕하지
않았습니다. 일에는 행운과 불운이 있다는 것을 잘 알고 있었기 때
문입니다. 그리고 전쟁 때마다 관중이 도망쳐 왔어도 포숙아는 그
를 비겁하다고 일컫지 않았습니다. 그에게 늙은 어머니가 있음을 알
고 있었기 때문입니다.

훗날 춘추오패의 하나가 된 환공을 도와 천하를 움직이는 대정 치가가 된 관중은 이렇게 말했습니다.

"나를 낳아준 것은 부모지만, 나를 알아준 것은 포숙아다."

＊＊＊

친구에 대한 우정을 말할 때 가장 많이 예로 드는, 관중과 포숙아에 관한 이야깁니다. 세상엔 사이좋게 지내는 친구가 참으로 많습니다. 그러나 세월은 친구관계를 가만두지 않고 시험에 들게 합니다. 세월 속에서 어느 친구는 잘 되어 있고, 어느 친구는 못되어 있는 경우가 바로 우리가 치러야할 시험입니다. 사람들은 누구나 잘 되기 위해 노력하지만 다 잘 되는 것은 아닙니다. 그러나 진정한 친구라면 어떤 경우든 사이가 멀어져서는 안 됩니다. 설령 그대가 지금 관중과 같은 입장이더라도 포숙아 같은 친구가 곁에 있다면, 질시를 하는 것으로 시간을 보내지 말고 그 친구를 알아줄 수 있는 친구가 되기 위해 노력해야 합니다. 관중과 포숙아의 우정이 이렇게 후세까지 전해지게 된 것은 관중이 자신을 알아준 포숙아를 알아주기 위해 노력했고, 성공한 뒤에 친구의 우정에 진심으로 감사

할 줄 알았기 때문입니다.

　　사람은 자기 그릇 크기만 한 친구밖에 곁에 둘 수 없다고 합니다. 그대의 우정 그릇을 그 어떤 그릇보다 크게 하세요. 그러면 그대 곁에 관중 같은 친구가, 포숙아 같은 친구가 있을 것입니다. 🐦

> 우정은 신의 선물이요, 인간에게 가장 귀한 은사물이다.
> 　　　　　　　　　　　　　　　　　　　　　　　　　　　- 디즈레일리

그대에게도 루소와 같은 친구는 있습니다.
먼저 그대가 친구를 믿고 배려하는 마음을 갖고 있다면.

우정과 우정 사이

아직 무명화가에 머물러 있던 밀레는 끼니조차 잇지 못하는 어려움 속에서도 끊임없이 그림을 그렸습니다. 그러던 어느 날, 그림 그리는 친구인 헨리 루소가 밀레를 찾아왔습니다. 루소는 이미 신진화가로 이름을 떨치고 있었습니다.

"여보게, 드디어 자네 그림이 팔렸네."

"뭐라고! 그게 정말인가?"

밀레는 루소의 말이 좀체 믿어지지 않아 눈을 둥그렇게 뜨고 되물었습니다.

"그렇다네. 어느 미국인이 자네 그림을 사겠다면서 나한테 돈까지 맡겼네. 오늘 같이 오려고 했지만 급한 볼일이 있다고 해서 못 오고, 그림 고르는 일도 내게 맡겼네."

루소는 밀레에게 미국인이 맡겼다는 돈을 건네주며 말했습니다.

"값도 아주 후하게 매겨줬어. 5백 프랑일세."

"오, 이렇게 고마울 수가……. 어서 그 미국인의 마음에 들 만한 그림을 골라보게."

"자네 그림은 모두 훌륭하기 때문에 어떤 것을 갖다 줘도 만족할 걸세."

루소는 손에 잡히는 대로 밀레의 그림을 한 점 골랐습니다. 그러자 밀레는 그 그림에 사인을 한 뒤에 정성스럽게 포장까지 해서 루소에게 주었습니다. 그런데 사실 밀레의 그림을 산 사람은 미국인이 아니라 오래 전부터 친구의 가난한 생활을 안타깝게 지켜보던 루소 자신이었습니다.

✳✳✳

너무나 따뜻한 우정이지요. 누구나 친구가 있으면서도 이런 글이나 얘기를 접하면 왜 부러울까요? 그리고 내게도 저런 우정이 있었으면 하고 바라는 이유는 무엇일까요? 아마도 자신의 우정에 대해 확신을 갖고 있지 못하기 때문일 것입니다. 그런데 믿지 못하는 우정은 자신 곁에 따뜻한 우정을 지닌 친구가 있어도 보지 못하게 합니다. 자신에게 루소 같은 우정이 없다고 느껴지면 먼저 그대가 그대의 친구를 확실하게 믿고 있는지부터 생각해보세요. 믿지 않으면 있어도 없지만 믿으면 반드시 있습니다.

친구와의 우정을 따뜻하게 하는 건 믿음입니다. 그리고 루소처럼 친구의 입장을 배려하는 마음입니다. 오늘은 그동안 서먹하게 지냈던 친구나 매일 만나도 반가운 친구를 불러 소주라도 한잔 기울여 보세요. 우정은 만들어지는 것이니까요.

옛 친구를 만나거든 이전에 사귀었던 정에 금이 가지 않도록
마음가짐을 더욱 새롭게 하고, 비밀스런 일을 처리할 때는
남의 의심을 사지 않게끔 더욱 분명히 할 것이며,
불우한 친구나 사람을 대할 때는 예우를 더욱 융숭하게 해야 한다.
— 채근담

그대가 진정 잘 되기를 바라는 친구를 곁에 두면 삶은 풍족해지고
그대 역시 친구를 위해 그런 마음을 갖고 있으면 삶은 행복이 됩니다.

친구가 된다는 것

옛날에 같은 서당에서 학문을 익힌 두 사람이 있었습니다. 그들은 열심히 학문을 닦아 한 친구가 먼저 벼슬길에 올랐고, 그로부터 몇 년 뒤 다른 친구도 관직을 얻어 임지로 가게 되었습니다. 임지로 부임하기 전날, 뒤늦게 관직을 얻은 자는 친구를 불러 연회를 베풀었습니다. 그 자리에는 예전에 함께 수학했던 친구도 참석해 있었습니다. 그는 임지로 떠나는 친구에게 꼭 해줄 말이 있다며 이렇게 말했습니다.

"네가 겪어보니 관직이라는 게 쉽지만은 않네. 앞으로 많은 일을 참아야 할 것이네."

"알겠네. 자네의 충고를 잊지 않겠네."

연회가 끝날 무렵, 먼저 벼슬에 나섰던 친구가 다시 그에게 다가

가 말했습니다.

"다시 한 번 말하지만, 어떤 경우를 당하더라도 참아야 하네."

"허허, 알겠네. 꼭 그렇게 하지."

연회가 끝나 하나둘 친구들이 돌아가기 시작했습니다. 벼슬을 하고 있는 친구가 맨 마지막으로 대문을 나서며 다시 한 번 그에게 당부를 했습니다.

"꼭 명심하게. 참고 또 참아야 하네."

그러자 그는 지겹다는 표정을 지으며 발끈 화를 냈습니다.

"이 친구가……. 지금 나를 놀리는 건가? 알았다는 데 왜 같은 말을 몇 번씩이나 하지?"

그 말에 친구는 실망스런 표정을 지으며 중얼거렸습니다.

"그것 보게나. 이제 겨우 같은 말을 세 번 했을 뿐인데, 그것도 참아내지 못하나? 인내라는 것이 그렇게 어려운 걸세."

친구의 말에 그는 부끄러워 고개를 숙였습니다.

*＊＊

우리는 간혹 친구의 우정에 대해 이야기할 때가 있습니다. 우정이란 무엇일까요? 사람마다 다르겠지만, 그 정의 속에 포함된 내용은 한 가지로 귀결됩니다. 그것은 친구가 잘 되게 도와주는 게 우정이라는 것입니다.

'선의의 경쟁'이라는 말이 있습니다. 이것은 친구에게 해당되는 말입니다. 친구도 경쟁을 합니다. 그러나 친구와의 경쟁은 수단과 방법을 가리지 않는 경쟁과 다릅니다. 친구와의 경쟁은 친구가 잘 되기를 바라면서 하는 경쟁입니다. 친구가 어려움에 처하면 도움을 주면서 하는 경쟁입니다. 친구와의 경쟁은 최선을 다한 뒤의 결과에, 그 결과가 어떻든 친구에게 따뜻한 마음의 손을 내밀어 악수를 청하는 경쟁입니다. 친구와의 경쟁은 모두 다 성공하기 위한 경쟁입니다. 친구와의 경쟁은 친구가 어떠한 처지에 놓이든 함께 어깨동무하고 가겠다는, 세상에서 가장 아름다운 경쟁입니다.

자신이 진정 잘 되기를 바라는 친구를 곁에 두면 삶은 풍족해지고, 그 친구를 위해 자신 역시 그렇게 하면 삶은 행복이 됩니다. 좋은 친구를 곁에 두고 어떠한 일이 있어도 잃지 마세요. 🐾

> 나보다 나을 것 없고 내게 알맞은 길벗 없거든 차라리 혼자
> 가서 착하기를 지켜라. 어리석은 사람의 길동무는 되지 말라.
>
> − 법구경

그대가 솥이라면 먼지가 들어가지 말라고
입구를 딱 맞게 막아주는 솥뚜껑 같은 친구가
그대에게도 반드시 있습니다.

그대의 친구는 어떠한가

옛날 어느 마을에 아무나 친구로 삼아 어울려 다니는 청년이 있었습니다. 하루는 친구를 사귀는 데 너무 분별이 없다고 생각한 청년의 아버지가 아들을 불러 이렇게 말했습니다.

"네 친구 중에 진정한 친구가 몇이나 된다고 생각하느냐?"

"손으로 꼽을 수 없을 정도입니다."

아들은 자신 있게 대답했습니다.

"그래? 그렇다면 오늘 나와 함께 다니면서 네가 진정으로 생각하는 친구가 몇이나 되는지 한번 헤아려보자."

아들은 자신만만하게 앞장서서 집을 나섰습니다. 첫 번째 친구의 집을 찾아가 말했습니다.

"내가 그만 실수를 해서 빚을 많이 지게 되었는데, 오늘 빚쟁이들이 나를 찾아와 괴롭히고 있다네. 잠시만 나를 자네 집에 숨겨주게."

"뭐라고? 자네를 숨겨주면 빚쟁이들이 우리 집에 와서 난리를 칠 텐데, 그 난동을 어떻게 감당하라고 그러나? 미안하지만 나는 그럴 수 없네."

다음 친구의 집으로 가서도 똑같은 말을 했지만 역시 보기 좋게 거절당했습니다. 한나절이 다 가도록 아들은 친구의 집을 찾아다니며 애걸하다시피 부탁했지만 아무도 그의 부탁을 들어주지 않았습니다.

"자, 이제 아비의 친구 집으로 가보자."

몹시 상심해 있는 아들의 등을 두드리며 아버지가 말했습니다. 아버지는 친구 집에 당도하자 이렇게 말했습니다.

"여보게, 내가 그만 실수를 해가지고 사람을 죽였네. 지금 나를 잡으려고 포졸들이 쫓아오고 있네. 나를 잠시만 자네 집에 숨겨주게."

그러자 아버지의 친구는 깜짝 놀라며 말했습니다.

"자넨 사람을 죽일 사람이 아냐. 필경 피치 못할 사정이 있었을

거야. 어서 들어와서 내게 그 사정을 이야기 해주게. 내가 포도대장
에게 잘 말해줄 테니."

친구의 손에 이끌려 집 안으로 들어가는 아버지의 모습을 보며
아들은 지금까지 자신이 사귀어온 친구들이 얼마나 잘못되었는지
를 깨닫게 되었습니다.

✳✳✳

그대의 친구는 어떠한가요? 사실 가만히 생각해보면 자신이 친
구라고 말하는 사람 중에 위급할 때 자신의 믿음을 저버리지 않는
사람이 얼마나 될까요? 지금 웃고 떠들고 한없이 친해 보이는 사람
중에 그럼 친구는 얼마나 있을까요? 자신 있게 몇 명이라고 밝힐
수 있는 사람은 그리 많지 않을 것입니다. 그런 의미에서 보면, 친구
가 아무리 많더라도 우리의 삶은 쓸쓸하고 외로운 것입니다.

그렇다고 너무 슬퍼할 일은 아닙니다. 설령 그대의 친구가 이 이
야기 속에 나오는 아들의 친구 같더라도 맥빠질 필요는 없습니다.
그것 역시 어쩌면 기회를 준 것일지 모르니까요. 그대와 어울리는
친구를 사귀라는 기회를 준 것일지 모르니까요. 그대가 솥이라면
먼지가 들어가지 말라고 입구를 딱 맞게 막아주는 솥뚜껑 같은 친

구가 있게 마련입니다. 그대와 조화를 이루는 아버지의 친구 같은 친구가 그대 삶 속에도 있게 마련입니다. 그 보석 같은 친구를 그대 삶속으로 초대하세요.

　지금 이 글을 읽고 있는 친구가 있다면, 서로 아버지의 친구 같은 친구로 지내자고 맹세하는 건 어떨까요? 친구는 사막 같은 세상에서 외롭지 않기 위해 있습니다. 그대가 친구를 외롭게 하면 결국 자신도 언젠가 외로워지고 맙니다. 지금 솥뚜껑 같은 친구가 있다면 그 친구에게 잘 하세요. 우정은 양이 아니라 질이라는 걸 항상 잊지 마세요. 🕊

> 참된 행복은 많은 친구를 사귀는 데 있는 것이 아니라
> 그 친구들의 가치와 선택에 있다.
>
> — 벤 존슨

그대가 힘들고 지쳐 있을 때
그대에게 따뜻한 손을 내밀어준 친구를 잊어서는 안 됩니다.

고마움을 아는 우정

내가 사랑하는 친구들이 하나하나 세상을 떠날 때마다 내 몸의
일부가 매장되는 것만 같았습니다. 하지만 그들은 일생동안
나의 행복을 가꿔주었으며 생을 보다 굳세게, 그리고 나 아닌
다른 사람들을 이해할 수 있는 참된 사람으로 살아갈 수 있도록
이끌어주었습니다. 때문에 나는 그들을 잃는 슬픔 속에서도
꿋꿋하게 살아갈 수 있었습니다.

이는 청각장애, 시각장애, 언어장애 등 보통사람으로는 감내하
기 힘든 어둠 속에서 일어나 마음의 귀와 눈과 말로, 즉 마음의 빛
으로 세상 사람들에게 감동을 주었던 헬렌 켈러 여사가 우정에 대
해 자기 생각을 피력한 것입니다. **헬렌 켈러의 말 속에는 친구에 대**

한 고마움과, 우정이 삶을 어떻게 변하시킬 수 있는지에 대한 마음이 잘 나타나 있습니다.

＊＊＊

친구에게 고마운 마음을 느껴본 적이 있을 것입니다. 고마운 친구는, 참으로 마음을 따뜻하게 불을 지펴주는 친구는 살아가야 하는 이유로 다가서기도 합니다. 고마운 친구는 늘 마음에 담아두세요. 결코 마음에서 끄집어내어 추운 겨울 속에 두지 마세요. 고마운 친구는 친구라 불리는 많은 사람들 가운데 극소수입니다. 그대가 힘들고 지쳐 있을 때 그대에게 따뜻한 손을 내밀어준 친구를 잊어서는 안 됩니다. 고마움은 잠시 느끼고 버리는 감정이어서는 안 됩니다. 오랜 우정을 지탱할 수 있는 매개체가 되게 해야 합니다.

> 친구에게 충실한 사람은 자기 자신에게도 충실하다.
> – 에라스무스

아무리 이해에 밝은 세상이더라도
간담상조할 수 있는 친구는 어디엔가 반드시 있습니다.

묘비명에 적힌 우정

한유라는 사람은 참다운 우정을 매우 존경한 반면 경박한 교우 관계를 매우 싫어했던 것으로 알려져 있습니다. 그가 쓴 유종원의 묘비명에는 우정에 관한 명문이 전해져 오고 있습니다. 우정의 두 터움을 찬양하고 강조한 글인데, 그 내용은 다음과 같습니다.

사람이 곤란에 처했을 때야말로 참다운 의절(義節)이 나타난다. 아무 탈 없이 살 때는 반가워하고, 서로 기꺼워하며 술자리와 놀이자리에 서로를 청한다. 또한 서로가 호언장담하고, 농담도 만들어내며 서로 사양할 줄 알고, 손을 맞잡고 간과 폐를 들어내어 서로에게 보여줄 것처럼 행동한다. 또 태양을 바라보며 눈물로 다짐하고, 생사를 걸고 배반하지 않겠다고 약속한다. 그러나 일단 머리카락 한 올만한 이해(利害)가 생기면 그만 외면해버리고 서로가 모른 체한다.

***

　비밀을 털어놓거나 들어줄 수 있고, 자기 생각을 예기하고 서로
이해하며, 두려움을 인정하고 나눌 수 있는 관계는 오직 우정밖에
없습니다. 또한 우정은 진실을 투영하는 거울입니다. 바로 우리의
눈앞에서 우리 자신의 모습을 선명하게 보여주기 때문입니다.

　위의 글에 나오는 '간과 폐를 들어내어 서로에게 보인다'는 말이
간담상조(肝膽相照)입니다. 그래서 속까지 툭 터놓고 사귈 수 있는
친구를 '간담상조할 사이'라고 합니다. 아무리 이해에 밝은 세상이
라도 간담상조할 수 있는 친구는 어딘가에 반드시 있습니다. 어디
먼 곳에서 들려오는 얘기 속이 아니라 그대 곁에 있습니다. 그대라
고 해서 후세에 남을 수 있는 우정을 갖지 말란 법은 없으니까요.
그 친구를 볼 수 있는 눈을 가지세요. 🔖

> 염소나 양은 몇 마리 소유하고 있는지 잘 알면서 자신에게 실로
> 몇 명의 친구가 있는지는 모르고 있다.
> 　　　　　　　　　　　　　　　　　　　　 － 키케로

친구는 하루 소풍을 떠났다 돌아오는 관계가 아닙니다.
친구는 인생의 끝까지 함께 소풍을 떠난 생의 동반자 관계입니다.

친구에 관한 몇 가지 명언

친구에 대해 소크라테스는 이렇게 말했습니다.

"사람들은 누구나 간절히 갖고 싶어 하는 무언가가 있다. 그것은 사람들마다 다르지만, 말이나 개일 수도 있고, 돈이나 명예일 수도 있다. 그러나 그런 것들을 모두 갖는 것보다 한 사람의 좋은 친구를 갖는 것이 가장 좋다."

소크라테스는 잠시 숨을 고른 뒤 말을 이어갔습니다.

"세상 사람들은 자신의 재산이 얼마나 되는지는 잘 알고 있지만 친구가 얼마나 되는지는, 설령 몇 사람 밖에 안 된다 해도 그 정확한 수를 모른다. 그리고 누가 묻기라도 하면 친구의 수를 세면서 이전의 친구는 제쳐 놓기도 한다. 세상에는 친구를 이 정도로밖에 생각하지 않는 사람이 적지 않다. 그러나 자기가 소유한 그 어떤 재산보다도 한 사람의 좋은 친구가 훨씬 가치 있다."

우리나라 말에도 진정한 친구 셋만 있으면 성공한 인생이란 말이 있습니다. 그만큼 인생에서 친구의 존재가 크다는 것입니다. 친구에 대해 소크라테스의 말을 이어받은 베이컨은 조금 우울한 투로 말문을 열었습니다.

"이 세상에 참된 우정은 드물다. 대등한 신분의 우정은 더욱 드물다. 그래서 예부터 우정이 매우 칭찬받았던 것이다. 오늘날 우정은 상하관계에 있는 사람들 사이에나 있다. 한쪽의 행운이 다른 쪽의 행운과 연결되기 때문이다."

그러나 베이컨 역시 '참된 친구를 만날 수만 있다면' 하는 가정 하에, 친구가 주는 유익함에 대해 다음과 같이 얘기하고 있습니다.

"친구와 상의하면 생각을 정리하기 쉽고 결정을 내리기도 쉽다. 머릿속의 생각을 말로 표현하면 보다 분명하게 알 수 있고, 이전보다 현명하게 되었음을 느끼게 된다. 하루종일 명상에 잠겨 있는 것보다 한 시간 동안의 친구와의 대화가 우리를 보다 현명하게 만들어준다. 그러나 사람들은 고독이 무엇인지, 어디까지가 고독한 것인지를 잘 모른다. 많은 사람을 안다고 그들 모두를 친구라 할 수는 없다. 그저 알고 지내는 사람을 친구라 한다면, 그것은 그림을 진열해 놓은 화랑에 지나지 않는다. 사랑이 없는 대화는 허공을 울리는 꽹과리 소리에 지나지 않기 때문이다."

베이컨은 친구에 대한 정의를 아주 명료하게 내려주고 있습니다. 알고 지내는 사람을 친구라 하는 사람이 우리 주변에도 적지 않습니다. 베이컨은 이런 경향에 대해 화랑에 진열해 놓은 그림이라는 말로, 사랑이 담겨 있지 않는 친구 관계를 비판하고 있습니다. 베이컨의 친구관에 대해 수긍한 마르크스 아우렐리우스는 그것을 해결할 수 있는 방법으로 다음과 같은 충고를 아끼지 않았습니다.

"그대 자신이 즐겁고 싶다면 주위 사람의 장점을 생각하라. 예를 들어 어떤 사람에 대해서는 활발함, 어떤 사람에 대해서는 겸손함, 또 어떤 사람에 대해서는 관대함 등 각 개인이 가지고 있는 훌륭한 점을 생각하는 것이다. 이렇게 항상 얼굴을 대하는 주위 사람들의 좋은 점을 본다는 것은 무엇보다도 유쾌한 일이다. 그러므로 우리는 항상 그들의 좋은 모습을 떠올려야 한다."

아우렐리우스는 참으로 좋은 충고를 우리에게 해주었습니다. 장점을 키워주는 것이 진정한 친구관계이므로 우리는 늘 친구의 장점을 보고, 그것을 인정해주는 습관을 가져야 합니다. 아우렐리우스의 충고에 고마운 마음을 갖고 이번엔 키케로의 말에 귀 기울여보는 것은 어떨까요?

"친구란 보이지 않는 곳에 있어도 곁에 있는 것처럼 느끼며, 가나하더라도 풍요함을 주며, 몸이 약한 때도 건강한 즐거움을 준다. 그리고 말로 표현하기는 어렵지만, 죽었어도 살아 있는 것이다."

이어 키케로는 자신과 가장 친했던 친구를 떠올리며 이렇게 말했습니다.

"나의 절친했던 친구인 스키피오는 아직도 살아 있으며, 영원히 살아 있을 것이다. 나는 그의 덕을 사랑하며, 그 가치는 지금도 사라지지 않았다. 운명의 여신이 지금까지 내게 주었던 것들 중에서 스키피오의 우정에 비할 만한 것은 아무것도 없다."

***

우정 안에는 인간이 느낄 수 있는 모든 감정이 들어 있습니다. 기쁨과 행복을 주는 승리감, 웃음, 사랑도 있고 어딘가에 숨어 있다가 깊은 아픔과 고통을 안겨줄 비극과 괴로움, 슬픔도 담겨 있습니다. 누군가에게 친구가 된다는 것은 한 사람의 인생에서 가장 보람된 일이자 힘겨운 일입니다. 모든 인간관계가 그러하듯, 가장 훌

류한 우정이라 해도 눈부시게 빛나는 절정의 순간이 있는 반면 환상이 깨어지고 분노와 좌절에 휩싸이는 고통스런 순간도 있게 마련입니다. 그러나 위대한 우정은 그 자체만으로도 참고 인내할 만한 가치가 있습니다. 진실한 친구는 우정의 소중함을 누구보다 잘 이해하기 때문입니다. '눈에 눈물이 없다면 영혼에는 무지개가 뜨지 못한다'라는 인디언의 지혜를 새겨볼 필요가 있습니다.

친구는 하루 소풍을 떠났다 돌아오는 관계가 아닙니다. 친구는 인생의 끝까지 함께 소풍을 떠난 생의 동반자 관계입니다. 인생의 끝까지 가는 길에는 폭풍우도 치고 눈보라도 칩니다. 어두운 밤이 있고 추운 날도 있습니다. 바로 이곳에 우정이 있어야 합니다. 그대의 친구에게 그대는 힘든 날을 함께 견뎌주는 참된 우정의 소유자가 되길 바랍니다. 🕊

> 군자는 학문으로써 친구를 모으고, 친구와 사귐으로써
> 인(仁)을 닦는다.   － 증자

우정은 믿음과 신념과 헌신을 의미하므로
한 사람이 다른 사람에게 성실한 책임을 다하는 충성심입니다.

서로 돕는 사이

　귀족 가문의 아들이 시골로 여행을 떠났습니다. 마을 호수에서 밤낚시를 하다가 수영 실력을 믿고 물속으로 뛰어들었습니다. 그런데 갑자기 발에 쥐가 나 살려달라고 허우적거리게 되었습니다. 때마침 마을에 사는 농부의 아들이 그 소리를 듣고 달려와 위험을 무릅쓰고 구해주었습니다.

　"몇 살이니?"

　시골 소년은 귀족 아들보다 일곱 살이 아래였습니다. 그러나 귀족 아들은 소년의 손을 꼭 쥐며 말했습니다.

　"그래도 우리는 친구가 될 수 있지?"

　그때부터 둘은 깊이 사귀며 편지를 주고받았습니다. 열두 살이 된 시골 소년이 초등학교를 졸업하자 귀족 아들이 장래희망을 물었습니다.

"의학 공부를 하고 싶은데, 난 가난한 농부의 9남매 중 여덟 번째야. 집안일을 도와야 돼. 둘째 형이 런던에서 안과의사로 일하고 있지만 아직은 나를 데려다 공부시킬 수가 없대."

이에 귀족 아들은 아버지를 졸라 시골소년을 런던 세인트 메리 어즈 의과대학을 졸업할 수 있게 해주었습니다. 소년은 오랜 연구 끝에 1940년 푸른곰팡이에서 페니실린이라는 기적의 약을 만들어 내는 데 성공했습니다. 이 시골소년이 바로 1945년에 노벨의학상을 받은 알렉산더 플레밍입니다. 한편 귀족 아들 역시 훌륭하게 자라 스물여덟 살 때 국회의원이 되었습니다. 그 후 그는 정치가로 뛰어난 재질을 펴기 시작했습니다. 제1차 세계대전 때는 육해공군을 두루 거쳤으며, 제2차 세계 대전 때는 수상으로 뽑혀 영국에 승리를 안겨 주었습니다. 그런데 이 전쟁 영웅이 폐렴에 걸려 생명이 위독하게 되었습니다. 그때 플레밍이 발견한 페니실린을 투약해 가까스로 목숨을 건질 수 있었습니다. 이 사람은 다름 아닌 「2차 대전 회고록」으로 노벨문학상을 받은 윈스터 처칠입니다.

***

솔직하고 정직하며 부드러움과 친절함을 잃지 않으면서 올바른 길로 인도하고 이끌어 준 친구는 누구입니까? 자신보다 친구를 먼저 생각하고 사랑의 질책과, 정신적인 후원과 격려를 아끼지 않은 친구는 누구입니까? 아무런 주저함 없이 똑 같은 우정을 베풀고 싶은 사람은 누구입니까? 어렸을 때부터 함께 자란 죽마고우일 수도 있고, 중학교 때부터 줄곧 친분을 맺어온 사이일 수도 있으며, 대학 시절에 만난 친구일 수도 있습니다. 그리고 함께 같은 일을 해오면서 만난 동료일 수도 있고, 최근에 알게 된 친구일 수도 있으며, 인생의 동반자인 아내와 남편일 수도 있습니다.

우정은 한 사람이 다른 한 사람에게 성실한 책임을 다하는 충성심입니다. 그것은 믿음과 신념과 헌신을 의미하므로, 한 사람의 인생에서 가장 달콤한 미덕이 될 수 있기 때문입니다. 마음을 열고 서로를 위해 온갖 위험을 무릅쓰며, 소중한 것들을 아낌없이 줄 수 있는 우정.

칼릴 지브란은 우정에 대해 다음과 같이 말했습니다.

"스스로는 굶주림에 허덕이면서도 친구를 위해 평화를 간구하는 진정한 벗을 갖게 되기를……"

이처럼 칼릴 지브란이 꿈꾸었던 친구를 모든 사람이 곁에 두고 함께 살아갔으면 합니다.

슬픈 일이 있을 때 따뜻한 자리에 눕는 것도 좋은 일이다.
그러나 그보다 더 좋은 자리, 거룩한 향기가 떠도는 자리가
있다. 상냥하면서도 깊고 측량할 수 없는 우리의 우정이다.
　　　　　　　　　　　　　　　　　　　　　－ 프루스트

우정의 나무가 겨울 추위에 얼어 죽지 않고
여름 폭풍우에 꺾이지 않을 수 있는 것은
우정으로 만나는 관계를 지속해 가기 위해 서로 노력할 때뿐입니다.

친구를 위해서라면

고려 말 신돈이 권세를 부리고 있을 때, 경상도 영천에 최원도라는 양반이 살고 있었습니다. 그런데 어느 날 갑자기 최원도가 반쯤 미쳤다는 소문이 마을에 퍼졌습니다. 실제로 그는 한끼에 밥 세 그릇을 먹어치우고 방 안에서 용변을 보며 자기 방 근처에는 아무도 못 오게 하는 등 증세가 자못 심각했습니다.

아무렇지도 않던 사람이 갑자기 미쳐버리자 그의 아내는 이를 수상쩍게 여기게 되었습니다. 그래서 그의 아내는 남편의 수발을 들고 있던 제비라는 계집종을 조용히 불러 남편을 감시해 그 이유를 밝혀내라고 지시했습니다. 결국 제비는 상전이 벽장 속에 낯선 두 사람을 숨겨두고 밖으로 알려지지 않게 하려고 일부러 미친 척

하고 있음을 알게 되었습니다. 최원도가 미친 척까지 하면서 숨겨 준 사람은 다름 아닌 이집과 그의 아버지인 이당이었습니다. 이집은 이색, 정몽주와 더불어 고려 말의 소문난 충신으로, 신돈의 포악한 정치를 비판하는 상소를 조정에 올렸다가 신돈의 비위를 건드려 목숨이 위태로운 지경에 처해 있었습니다. 그러자 이집은 아버지를 업고 멀리 친구인 영천 땅 최씨 집으로 피신을 온 것이었습니다. 그 후 이집과 그의 아버지는 2년여 동안 벽장 속에 숨어 살았으며, 그동안 최원도는 미치광이 노릇을 계속했습니다.

이렇게 친구의 진실한 우정으로 살아남은 이집은 더욱 분발해 당대의 사람들에게 정신적 지주가 된 것으로 친구의 우정에 보답했습니다.

＊＊＊

자기의 위험을 감수하면서까지 우정을 지키는 친구. 이 글을 읽는 것만으로도 이집이 부러워지고 한편으론 가슴이 따뜻해집니다. 아마도 모든 사람들이 꿈꾸는 우정일 것입니다.

사람은 누구나 이런 친구가 곁에 있기를 소망하고 누군가에게 이런 친구가 되겠다고 다짐도 합니다. 단지 현실이라는 장벽이 이상보다 항상 가까이 있는 게 문제라 그렇지, 마음은 친구에게 잘하려고 애쓰는 게 우리의 모습입니다. 그러나 마음을 실천으로 옮길 때 우정은 비로소 땅에 씨앗을 뿌린 것이고, 이렇게 마음이 실천으로 이어지면서 씨앗은 묘목이 되고 묘목은 점점 나무로 성장해 갑니다. 이 우정의 나무가 겨울 추위에 얼어 죽지 않고, 여름 폭풍우에 꺾이지 않게 하는 것은 우정으로 만나는 관계를 지속해 가기 위해 늘 노력할 때뿐입니다.

우정을 해(害)하는 짓을 먼저 하는 사람은 되지 마세요. 우정은 사다리 같은 것이니까요. 그대가 우정을 해하는 짓을 하고 다시 우정을 추스르려 할 때는 이미 다른 쪽을 지탱하고 있던 기둥이 떠난 뒤일지도 모르니까요. 🔔

참된 우정은 뒤에서 보나, 앞에서 보나 같다.
앞에서 보면 장미, 뒤에서 보면 가시와 같은 것이 아니다.
— 뤼케르트

이런 세상에서 참된 우정을 자신에게 있게 하려면
우선 친구를 잘 사귀어야 하고, 그 다음엔 자신이 먼저
어려울 때 친구를 저버리지 않고 그와 함께 해주는 것입니다.

참된 우정은 삶도
죽음도 함께 하는 것

두 나그네가 추운 겨울날 눈길을 걷고 있었습니다. 그러다가 한 사람이 지쳐 쓰러졌습니다. 다른 사람이 쓰러진 사람을 등에 업고 길을 걷기 시작했습니다. 업힌 사람이 말했습니다.

"나를 놔두고 혼자 가세요. 가시거든 구조대를 불러주세요."

그러자 업은 사람이 말했습니다.

"당신을 등에 업고 있으니 내 등이 따뜻해집니다. 힘이 들기는 하지만 마찰이 되어서 땀도 납니다. 당신을 업는 것은 나 역시 사는 길입니다."

                    ***

    함께 길을 가는 친구가 된다는 것은 삶과 죽음을 함께 한다는 것입니다. 윗글은 이 말을 있는 그대로 보여주고 있습니다. 쓰러진 사람을 업고 가니 땀이 나서 추위에 언 몸이 녹고, 체온이 유지됩니다. 만약 자기만 혼자 살겠다고 혼자 길을 떠나면, 그 사람 역시 추위 속에서 어떻게 될지 모르는 것입니다. 우정은 어려움을 만났을 때 그 진면목을 알게 됩니다. 좋을 때는 뭘이라도 내줄 듯이 굴다가도 어려움을 만나게 되면 언제 그랬냐는 듯 등을 돌리는 사람들이 세상엔 많이 있습니다. 이런 세상에서 참된 우정을 자신에게 있게 하려면 우선 친구를 잘 사귀어야 하고, 그 다음엔 자신이 먼저 어려울 때 친구를 저버리지 않고 그와 함께 해주는 것입니다. 그러다 보면 이런 것들이 모여 삶과 죽음을 함께할 수 있는 친구가 자신의 주위에 생겨나는 것입니다. 이왕 사귀는 친구라면 우정을 중시하고 의리가 있는 친구를 사귀기 위해서 노력하세요. 친구를 보면 그 사람을 알 수 있다는 말이 있습니다. 자신의 친구를 보고 자신의 모습이 좋게 내려지는 그런 친구를 사귀세요. 🐦

우리를 도와주는 손이
우리를 위하여 기도하는 입보다 성스럽다.
— *R. G. 잉거솔*

PART 03

제3장_그대의 사막에도
행복꽃이 피기를…

즐거움과 화려함, 이것을 흔히 행복이라 부른다

그러나 아무것도 바라지 않는 것이 바로 신이 내린 행복이다

그저 작은 것을 갖기를 원할 때 신성에 더욱 가까워지며

최고의 행복에 가까워진다

행복해지기 위해서는 행복해질 수 있다고 믿어야 한다

– 소크라테스

친절은 사람을 기분 좋게도 하지만
때론 행운을 가져다주기도 합니다.

친절이 낳은 선물

비가 많이 내리는 날, 가구점이 모여 있는 거리에서 어떤 할머니가 여기저기를 살피고 있었습니다. 아무도 그 할머니에 대해 신경을 쓰지 않는데, 한 가구점 주인이 할머니에게 다가가더니 말했습니다.

"할머니 이쪽으로 오세요. 비도 많이 내리는데, 가게 안으로 들어오세요."

"나는 가구를 사러온 것이 아니라 차를 기다리는데……. 괜찮아요."

할머니가 사양했지만 가구점 주인은 재차 청했습니다.

"물건을 안 사셔도 괜찮습니다. 그냥 편히 앉아서 구경하고 계세요."

"이러지 않으셔도 되는데……."

할머니는 가구점 주인의 친절에 고마워하며 가구점 안으로 들어가, 소파에 편히 앉아 차를 기다렸습니다.

"참, 차를 기다린다고 하셨죠? 차 번호가 어떻게 되지요? 제가 확인해 드릴게요."

가구점 주인은 '아유, 이러지 않으셔도 돼요'하는 할머니께 차 번호를 알아내어 몇 번이나 밖으로 나가 차가 왔는지를 확인했습니다. 이런 모습을 지켜보던 주위 사람들이 수군거렸습니다.

"저 친구 할 일도 되게 없군. 할 일 없으면 낮잠을 자던가, 화장실을 가던가 하지."

"글세 말이야, 손님 끌어들일 궁리는 안하고 처음 보는 할머니 뒤치다꺼리만 하고 있네."

그러나 그는 차가 와 할머니를 태워갈 때까지 친절을 베풀었습니다.

"할머니 안녕히 가세요."

"고마웠어요, 젊은이!"

그리고 며칠 후, 가구점 주인은 편지 한 통을 받았습니다.

'비 오는 날 저의 어머니께 베풀어주신 당신의 친절에 감사드립니다. 이제부터 우리 회사에서 필요한 가구 일체를 당신에게 의뢰하며, 또한 고향인 스코틀랜드에 큰 집을 곧 짓는데 그곳에 필요한 가구도 모두 당신께 의뢰합니다.'

이런 내용을 담고 있는 편지는 놀랍게도 강철왕으로 불리는 카네기에게서 온 것이었습니다. 이 일로 가구점 주인은 피츠버그에서 크게 성공한 가구점 주인이 되었습니다.

＊＊＊

낯선 거리를 걷다가 길을 몰라 물었을 때 웃는 얼굴로 친절하게 가르쳐주는 사람을 만나면 가슴이 따뜻해짐을 느끼게 됩니다. 특히 여행 중이라면, 여행 중에 만나는 사람들이 얼마나 친절하냐 불친절하냐에 따라 여행의 즐거움이 달라지기도 합니다. 외국인에게 친절하게 대하라는 캠페인을 하루가 멀다하고 하는 것도 그들이 갖고 가는 인상이 우리나라의 인상으로 그 나라에 소개되기 때문입니다.

돈 안들이고 상대에게 베풀 수 있는 선물 가운데 친절만한 게 있을까요?

'친절한 사람은 자기도 모르는 사이에 서로를 돕는다. 그러나 악한 자들은 고의로 다른 사람에게 해를 끼친다'라는 중국속담이 있습니다. 이 속담처럼 우리 모두 자기도 모르는 사이에 서로를 돕는 사람이 되었으면 합니다. 절대 고의로 남에게 해를 끼치는 사람이 되지 않길 바랍니다. 그대여, 언제나 친절하세요. 그러면 혹여 가구점 주인 같은 행운이 올지도 모르니까요. 🌼

저로 하여금 조금만 더 친절하게 해주십시오. 제 주변에 일어나는 잘못에 저로 하여금 조금만 더 눈이 어둡게 해주십시오.
- E. 게스트/기도문

내가 할 수 있는 일을 찾아
그 일에 만족하면 삶은 행복해집니다.

내가 할 수 있는 일

초가지붕에 박씨가 떨어졌습니다. 봄에 싹을 틔운 박씨는 무럭무럭 자라 꽃을 피우더니 열매를 맺었습니다. 처음엔 콩알만 했지만 점점 자라 마침내 보름달 만해졌습니다. 초가지붕 위로는 밤마다 달이 떠올랐습니다. 매일 달을 보고 자란 박은 노랗고 둥근달이 되고 싶어졌습니다. 귀뚜라미가 울어대는 어느 날, 그 날도 달이 어김없이 떠오르자 박은 달을 불렀습니다.

"달님, 달님!"

"왜?"

달이 다정한 목소리로 대답했습니다.

"달님, 내 모습은 달님을 많이 닮았지요?"

"그래, 정말 그렇구나."

"그런데 왜 저는 달님처럼 빛나지 않을까요?"

박은 자신의 모습이 싫은지 눈물까지 글썽거리며 물었습니다. 그러자 달은 부드러운 미소와 다정한 목소리로 다음과 같이 말했습니다.

"옛날 한 소녀가 있었단다. 소녀는 노래 부르는 사람을 보고 성악가가 되려고 했지. 그림 잘 그리는 사람을 보고는 화가가 되려고 했어. 그러다가 나중엔 동화 쓰는 작가가 되었단다."

"왜 그랬지요?"

"그건 사람마다 재능이 다르니까 그런 거란다."

박은 고개를 끄덕인 후 깊은 생각에 잠겼습니다. 그러던 어느 날 박은 자기의 할 일과 재능을 알아내곤 함박웃음을 지었습니다. 그리고 무조건 남의 흉내를 내려한 것이 잘못이라는 것도 깨달았습니다. 그날 밤 박은 달에게 자기가 할 일에 대해 밝은 표정으로 말했습니다.

"달님, 저는 저의 단단하고 탐스런 껍질로 튼튼한 그릇이 되겠어요."

그러자 달은 밝은 표정으로 대답해주었습니다.

"그래, 내가 못하는 일을 너는 하겠구나. 그리고 자신의 일을 찾은 것을 진심으로 축하해."

***

　행복해지려면 일이 필요합니다. 첫째는 자신이 좋아하며 자유로운 일이며, 둘째는 식욕과 편안한 잠을 가져다주는 육체노동이면 더욱 좋습니다. 일은 필요합니다.

　'영혼이 선해지기를 원하면 피곤할 때까지 일하세요.
　그러나 지나치게 하지는 마세요. 기진맥진 할 때까지 일하진 마세요.
　선한 영혼은 게으름에 의해서뿐만 아니라 과도한 일에 의해서도
　파괴됩니다. 지적 활동은 육체노동에 의해서 배제되지 않고 오히려
　질을 향상시킵니다.'

　톨스토이가 지은 책의 한 구절입니다. 일이 없으면 우리가 꿈꾸는 소박한 행복도 없습니다. 사랑을 결혼으로 만들어주는 것도 일이 있어야 가능하고, 여행을 떠나게 해주는 일도 일이 있을 때 가능합니다. 그리고 자기적성에 맞는 일을 찾는 것은 삶에 있어 가장

소중한 것을 얻는 것입니다.

　중국의 백장선사는 '하루 일하지 않으면 하루 먹지를 말라'라고 말했습니다. 심신을 수련해 도를 터득하기에도 바쁜 스님들에게도 백장선사는 땀 흘려 일하는 데서 터득되는 노동의 기쁨을 큰 수양으로 봤던 것입니다. 일이 없어 놀아본 사람은 일을 한다는 것이 얼마나 큰 즐거움인지를 알 것입니다. 다른 사람이 일할 때 따분함을 느끼면서도 빈둥거리는 것은 보기 좋은 모습이 아닙니다. 일은 인생을 즐겁게 해주는 보약과 같습니다. 일을 친구로 두고 애인으로 여기세요. 🖐

인간이 자기자신 속에서 재능을 만들지 않고
이것을 타인으로부터 얻어 가질 수 있다고 생각하는 것은
무리한 생각으로, 마치 초대받은 곳에서 의사와 가끔 만찬을
하는 것으로 건강해질 거라고 생각하는 것과 같다.
　　　　　　　　　　　　　　　　　　　－프루스트

오르지 못할 나무에 걸려 있는 행복을 바라보며
오늘을 불행하다 하지 말고
손닿는 곳에 있는 행복을 가까이 두고 언제나 행복하게 사세요.

가장 행복했던 시절

'내가 열한 살 때였습니다. 나는 여느 때와 다름없이 눈을 떴습니다. 아침이었고, 높은 창을 통해 이웃집의 지붕 너머로 푸른 하늘이 보였습니다. 막 잠에서 깬 이 순간, 나는 무엇인지 새롭고 훌륭한 것이 생기거나 한 것처럼, 비로소 아름다운 생활이 그 가치와 의미를 시작한 것처럼 느껴졌습니다. 그리하여 어제의 나도 잊어버리고, 내일의 나도 잊어버린 채 오로지 오늘의 행복에만 부드럽게 둘러싸이는 기분이 들었습니다.'

이 글은 「수레바퀴 밑에서」, 「유리알 유희」 등의 명작을 남긴 헤르만 헤세가 가장 행복했던 시절이라고 밝힌 유년 시절의 한 때를 적어놓은 것입니다. 그의 작은 침대에서는 넓은 세계가 보이는 것도 아니었습니다. 단지 아름다운 하늘과 이웃집의 기다란 지붕밖에 보이지 않았습니다. 그러나 그 지붕의 경사면에서 여러 가지 색채가 어렴풋이 떠돌고, 단 한 장의 푸릇푸릇한 유리기와가 붉은 진흙 기와 사이에서 생생하게 보였습니다. 마치 푸른 하늘과 갈색 지붕과 붉은 기와들이 서로 웃고 장난치는 듯 즐거워보였습니다.

이렇게 아침 정경 하나에도 흠뻑 취해 있던 유년시절을 자신의 가장 행복했던 시절로 꼽고 있는 헤세. 그가 쓴 작품만큼이나 가슴에 물결을 주는, 정말 행복한 고백이라는 생각이 듭니다.

***

헤세는 유년시절 아침 창가로 들어온 풍경에서 자신의 가장 행복했던 때를 찾고 있습니다. 일반적으로 우리가 생각하는 행복과 거리가 있다는 생각이 듭니다. 우리에게 누군가 가장 행복했을 때를 물으면 대부분의 사람들은 자기가 원하던 것을 이뤄냈을 때라고 말할 것입니다. 대학에 합격했던 일이나, 사랑하는 사람과 사랑이 성립된 날이나, 자신이 고대하고 있던 일이 이뤄진 날 등을 가장 행복했던 때로 들것입니다.

어떤 것이든 가장 행복했던 시절을 들 수 있는 삶은 행복한 삶입니다. 특히 헤세처럼 주변에서 일어나는 사소한 현상이나 일들에서 행복을 볼 수 있는 눈과 마음을 갖고 있다면 행복은 늘 곁에 있을 것입니다. 행복이란 큰일에 숨어 있는 것이 아니라 주변의 작고 사소한 일에 숨어 있는 것이니까요. 오르지 못할 나무에 걸려 있는 행복을 바라보며 오늘을 불행하게 살지 말고, 손닿는 곳에 있는 행복을 가까이에 두고 언제나 행복하게 사세요. 행복은 그대 생각 속에 있다는 것을 잊지 마세요. 🍇

가장 커다란 행복은 한 해가 끝나갈 무렵,
바로 그때가 시작하던 때보다 나았다고 느끼는 것이다.
— 소로

생활이 넉넉하지도 않은데 환하게 웃으며 사는 사람을 보면
그 행복이 나한테도 전해 옴을 느낄 때가 있습니다.

자기 안에 있는 행복

고대 그리스 철학자들 가운데 견유학파라는 학파가 있었습니다. 고매한 철학자들에게 '개 견(犬)'자를 붙인 것은 그들이 마치 거리를 헤매는 개처럼 자유로운 삶을 살았기 때문입니다. 그들은 기성의 가치관을 무시하고 극도로 간소한 생활을 하면서 무욕과 자기억제를 신조로 삼았습니다. 이 견유학파에서 가장 유명한 사람이 디오게네스입니다.

그는 나무통 속에 살았기 때문에 '나무통 속의 디오게네스'라 불리기도 합니다.

디오게네스는 옷 한 벌, 주머니 하나, 지팡이 하나를 가지고 늘 빈 술통 속에서 하늘을 쳐다보고 사색하며 살았습니다. 그 무렵 마케도니아의 왕 알렉산더는 연합군을 이끌고 페르시아 원정을 떠나

려 했습니다. 온 나라가 페르시아 원정의 출발을 경축하기 위해 들떠 있는데, 디오게네스의 모습이 보이지 않았습니다. 그래서 알렉산더 왕은 그가 살고 있는 마을로 직접 찾아갔습니다. 디오게네스는 술통 속에서 햇빛을 쬐고 있는 중이었습니다. 알렉산더 왕이 그에게 물었습니다.

"무엇이든 필요한 게 있으면 말해보라."

그러자 디오게네스가 이렇게 말했습니다.

"아무것도 필요한 것이 없습니다. 단, 지금 햇빛을 쬐고 있으니 햇빛을 가리지 마시오."

이 말을 들은 알렉산더 왕은 감격해서 말했습니다.

"내가 알렉산더가 아니라면 디오게네스가 되고 싶다."

＊＊＊

어떻게 살든 그 삶에 만족하면 행복도 그 삶속에 있습니다. 사람들이 불행하다고 하는 것은 그 사람이 가진 게 적어서가 아닙니다. 그 사람이 원하는 게 너무 클 때가 대부분입니다.

역사 속엔 무소유를 행복으로 알고 살다간 사람들이 참으로 많습니다. 그들이 주는 교훈에 조금만 귀 기울인다면 지금 우리가 소유하고 있는 것들이 너무 많다고 느낄지도 모릅니다. 얼마나 소유했느냐를 자랑으로 삼는 사람이 있습니다. 또 얼마나 고가이고 유명한 제품을 갖고 있는지를 행복의 척도로 삼는 사람이 있습니다. 그러나 그들은 갖고 있던 것들이 사라지면 불행해질 사람입니다. 물질이란 있을 수도, 없을 수도 있기 때문입니다.

디오게네스처럼 살 필요는 없지만 자신의 삶에 만족하며 살 필요는 있습니다. 만족 속에 행복이 있기 때문입니다. 자신의 생활이 넉넉하지도 않은 데, 다른 사람을 도우면서 환하게 웃는 사람들을 보면 그 행복이 나한테도 전해 옴을 느낄 때가 있습니다. 행복이란 현실의 삶에 만족하고 최선을 다해 사는 보람 속에 있습니다. 🌑

즐거움과 화려함, 이것을 흔히 행복이라 부른다. 그러나 아무것도 바라지 않는 것이 바로 신이 내린 행복이다. 그저 작은 것을 갖기를 원할 때 신성에 더욱 가까워지며 최고의 행복에 가까워진다. 행복해지기 위해서는 행복해질 수 있다고 믿어야 한다.

− 소크라테스

하고 싶은 일을 하면서 살면
그 일이 자유를 주고, 여행을 주고, 행복을 줍니다.

살고 싶은 대로

한번은 장자(莊子)가 복수에서 낚시질을 하고 있는데, 초왕이 보낸 대부 두 사람이 왕의 뜻을 전하러 왔습니다.

"폐가 될지 모르오나 국내 정치를 선생에게 맡기고 싶소."

장자는 낚싯대를 든 채 돌아보지도 않고 말했습니다.

"나는 초나라에 신령한 거북이 있었다는 얘기를 들었다. 그런데 그 거북이가 죽은 지 3천 년이 지났는데도 왕은 그것을 비단으로 싸 상자에 넣은 다음 종묘 안에 소중히 보관한다고 들었다. 그런데 이 거북이는 죽어서 뼈만 남아 귀하게 되기를 바라겠는가? 아니면 진흙 속에서 꼬리를 끌고 기어 다니기를 바랐겠는가?"

두 대부가 대답했습니다.

"그야 살아 진 흙 속에서 꼬리를 끌고 다니는 편이 낫겠지요."

그러자 장자가 말했습니다.

"어서 돌아가라. 나도 진흙 속을 기어 다니고 싶으니."

＊＊＊

자유는 사람이면 누구나 꿈꾸는 소망입니다. 누군가의 간섭을 받지 않고 자유롭게 살고 싶어 하는 소망을 사람들은 한시도 잊지 않고 살아가고 있습니다. 이 소망으로 나타나는 것이 바로 여행입니다. 일이라는 구속에서 벗어나 떠나는 삶의 여유로운 시간, 여행.

그런데 조금만 욕심을 버리고 삶을 보면, 풍족하진 않더라도 자유를 누릴 순 있습니다. 그것은 일에서 어느 정도 벗어날 수 있는 마음가짐만 있으면 가능합니다. 우리가 일에 매달리는 것은 먹고살기 위해서이기도 하지만 성공하기 위해서이기도 합니다.

그러면 성공이란 무엇일까요? 직위가 높아지는 것? 그럴 수 있습니다. 명예를 얻는 것? 그럴 수 있습니다. 자기가 하고 싶어서 하는 것이라면……. 그러나 다른 사람의 눈을 의식해 하고 싶은 일을 접고 하는 것이라면 결코 성공이라 할 수 없을 지도 모릅니다. 삶에서 성공이란 자기가 하고 싶은 일을 하고, 그 일에서 만족을 느끼며 사는 것을 말하는 것이니까요. 비록 그 일이 권력을 주지 않더라도, 그 일이 재물을 주지 않더라도, 그 일이 명예를 주지 않더라도. 자기가 하고 싶은 일을 하세요. 그러면 그 일이 그대에게 자유를 주고, 행복을 주고, 흡족한 여행을 줄 것입니다.

마음에 여유로움을 지니고 일을 한다면 자유로워진다.
– 로버트 프로스트

그대는 지금 어떤 마음을 먹고 있습니까?
물론 풍경소리가 아름답게 들리는 세상이겠지요.

마음먹기 나름인 세상

어느 날 혜가가 스승인 달마 대사에게 물었습니다.

"제 마음에 걱정이 가득 찬 것 같습니다. 편안히 하려면 어찌해야 합니까?"

달마 대사가 대답했습니다.

"그렇다면 그 마음을 내게 가져오너라."

스승의 말에 혜가는 자신의 걱정스런 마음의 본체가 어디에 있는지 열심히 찾았습니다. 그러나 아무리 찾아도 찾을 수가 없었습니다. 결국 다시 스승에게 고했습니다.

"아무리 마음을 찾아도 보이지 않습니다."

그러자 달마 대사가 말했습니다.

"그럴 것이다. 마음이란 따로 있는 것이 아니다. 네가 그렇게 생각하면, 그것이 곧 네 마음이다. 편안하다는 생각을 갖고 세상을 바라보면 마음도 편안해 질 것이다. 무릇 세상의 모든 일은 네 스스로가 마음먹기에 달려 있는 것이다."

***

우리는 가끔 선생님이나 나이 드신 분들에게서 마음을 편안히 가지라는 말을 듣습니다. 그만큼 세상사에서 마음이 차지하는 비중이 크기 때문입니다. 우리도 경험한 적이 있습니다. 마음이 불안할 때는 되는 일이 없고 짜증만 얼굴에 가득 차 있어, 삶에 낙이 없음을. 반대로 마음이 편할 때는 걱정거리마저 쉽게 해결되고, 웃는 얼굴과 행복한 모습으로 삶의 낙을 만들어 감을, 우리는 경험으로 알고 있습니다.

가만히 생각해 보면 마음속에 삶이 있다는 생각이 듭니다. 마음먹기에 따라 살 만한 세상도 될 수 있고, 희망을 가질 수 있는 세상도 될 수 있고, 행복을 누리는 세상도 될 수 있고, 반대로 그렇지 않은 세상도 될 수 있습니다. 그대는 지금 어떤 마음을 먹고 있습니까? 물론 아름다운 풍경소리가 들리는 세상이겠지요. 🌸

마음을 닦는 사람은 스스로 비굴하지도 않고,
또 스스로 뽐내지도 않는다.

— 지눌

잃어버리면 찾아오는 행복

랍비 아키바가 여행을 하고 있었습니다. 그는 여행에 필요한 조그마한 등잔과 약간의 식량, 그리고 오랜 여행 동안 동무를 해줄 늙은 개 한 마리를 데리고 다녔습니다. 그날도 땅거미가 지자 아키바는 밤을 보낼 곳을 찾았습니다. 때마침 헛간 하나를 발견해 그곳에서 잠을 자기로 했습니다. 그러나 아직 잠을 자기엔 이른 시간이었으므로 등불을 켜놓고 책을 읽었습니다.

얼마의 시간이 지났을까요. 갑자기 바람이 불어와 등불이 꺼지고 말았습니다. 할 수 없이 그는 잠을 청했습니다. 아침에 눈을 떠보니 개가 죽어 있었습니다. 밤새 여우가 와서 개를 죽인 것이었습니다. 아키바는 등잔만 갖고 혼자 길을 떠났습니다. 가까운 마을에 도착해보니 사람들의 모습이 보이지 않았습니다. 사람들의 시체며,

불에 탄 집들, 널려진 세간들이 전날 밤에 도둑들의 습격이 있었음을 보여주었습니다. 만일 바람에 등불이 꺼지지 않았더라면 자신도 도둑들에게 발견되어 죽음을 당했을 것이 틀림없었습니다. 개가 살아 있었더라면 짖어대는 통에 마찬가지였을 것입니다. 이에 아키바는 깨달았습니다.

'내가 가진 것을 모두 잃은 덕분에 도둑들로부터 죽음을 모면할 수 있었구나!'

＊＊

전화위복이라는 말이 있습니다. 불행이 오히려 행운을 가져다줄 때 쓰는 말입니다. 사람들이 오늘 모든 것을 잃었더라도 자포자기하지 말고 살아야 하는 이유는 모든 사람들의 인생에 전화위복의 행운이 있기 때문입니다. 작은 것을 잃고 오히려 큰 것을 얻을 수 있는 행운이 있기 때문입니다. 모든 것을 얻기 위해선 모든 것을 버려야 한다는 말이 있습니다. 그리고 작은 것을 탐하면 큰 것을 잃는다는 말도 있습니다. 오늘 우리가 모든 것을 잃었다면, 그것은 잃어야할 것을 잃은 것이라고 생각하세요. 내일 더 큰 것을 얻기 위한

것이라고 생각하세요. 낙관적이고 긍정적인 생각이 오늘의 슬픔을
내일의 희망으로 바꿔줍니다.

> 최악의 상황에 처하더라도 사람은 희망을 잃지 말아야 한다.
> 전화위복이 있을 수 있다는 것을 믿어야 한다.
>
> — 탈무드

그러고 보면 행복은
화려하고 부유함속에 있는 것이 아니라
자기가 하고 싶은 일을 하는 곳에 있음을
이 이야기는 잘 말해주고 있습니다.

참 행복을 줄 수 있는 곳

이브 라발리에는 한때 프랑스인들의 열렬한 사랑을 받았던 여인이었습니다. 아름다운 용모와 예쁜 목소리를 가지고 있던 그녀는 프랑스를 떠들썩하게 만드는 연예인이 되었습니다. 물론 인기에 걸맞게 부와 명예도 따랐습니다. 그런데 그렇게 인기가 절정에 다다랐을 때 그녀는 홀연히 종적을 감춰버렸습니다.

프랑스는 난리가 났습니다. 사람들은 그녀를 찾아야 한다고 연일 떠들어댔습니다. 그러나 그녀의 행방은 묘연할 뿐, 결국 나타나지도 찾지도 못했습니다.

시간이 흘러 차츰 프랑스인들의 기억 속에서 이름이 잊혀져 갈 때쯤, 어느 산간벽지에 그녀와 닮은 여인이 살고 있다는 소문이 돌기 시작했습니다. 그러나 그 여인은 가난하고 순수하며 소박한 모습을 하고 있었습니다. 곧 그녀가 이브 라발리에임이 밝혀졌습니다. 그 동안 그녀는 불쌍하고 가난한 소외된 사람들을 도우며, 또한 자신의 집에는 병든 환자와 오갈 데 없는 노인들을 데려다 보살펴주고 있었습니다. 사실을 알게 된 파리는 또 다시 들끓었습니다. 다시 그녀가 파리로 돌아와 많은 사람들에게 그녀의 아름다운 모습을 보여줘야 한다고 아우성이었습니다. 그러나 그녀는 그 제의를 정중하게 거절했습니다. 거절의 이유는 다음과 같았습니다.

"돌아갈 수 없습니다. 파리는 나에게 많은 것을 주었지만 여기서 느끼고 있는 참 행복은 결코 줄 수 없기 때문입니다."

파리 사람들은 아무 말도 하지 않았습니다. 그녀의 따뜻한 마음씨에 더 이상 할 말이 없었기 때문입니다.

*＊＊

참으로 가슴에 와 닿는 감동적인 이야기입니다. 인기를 먹고 사는 연예인이었던 이브 라발리에. 그것도 최고의 인기와 사랑을 받았던 연예인일 때, 종적을 감춰버리지요. 그리고 그녀가 세상에 다시 얼굴을 들어내었을 때, 그녀는 화려한 연예인의 모습이 아니라 병든 환자와 오갈 데 없는 노인을 보살피며 사는 가난하고 소박한 모습을 하고 있는 여자가 되어 있었습니다.

파리로 다시 오기를 바라는 많은 사람들에게 그녀는 여기에서 주는 행복을 파리에선 줄 수 없다며, 파리로 가는 것을 거절합니다. 저자인 저도 읽으면서 참으로 따뜻한 이브 라발리에의 마음씨에 감동을 받았습니다. 화려한 조명 불빛을 마다하고 병자와 오갈데 없는 사람들을 돕는데서 행복을 느끼는 이브 라발리에. 그녀와 같은 사람들이 많아질수록 세상은 지금보다 더 따뜻해질 것입니다. 평범하게 사는 우리는 그렇게 하지는 못해도, 구세군 자선냄비에 돈을 넣는다든가, 불쌍한 사람들을 돕는 단체에 얼마간의 기부를 하는 삶을 산다면, 그 삶도 아름다운 삶이 될 것입니다. 자, 오늘부터 그런 삶을 실천해 보는 것은 어떨까요? 🍇

행복을 즐겨야 할 시간은 지금이다.
행복을 즐겨야 할 장소는 이곳이다.
- 로버트 인젠솔

곁에 힘을 합칠 다른 그대가 있어
그대 삶은 행복한 것입니다.

한 치 호수

중국에는 '한 치 호수'라는 커다란 호수가 있습니다. 이 호수가 생기기 전에는 저수지가 없어 농사짓는 것은 물론, 마시는 물까지 구하기 힘들어 마을 사람들은 늘 걱정을 해야 했습니다. 어느 날 한 스님이 불교를 전파하기 위해 이 곳에 왔습니다. 며칠 동안 마을을 관찰하던 스님은 마을 사람들이 필요로 하는 것이 부처님의 자비가 아니라 물이라는 것을 알게 되었습니다. 그래서 그는 연못을 파기로 작정했습니다. 적당한 곳을 골라 연못을 파기로 했지만 선뜻 연못을 파겠다고 나서는 사람이 없었습니다. 곤경에 빠진 스님은 궁리 끝에 그곳을 지나가는 사람을 붙잡고 땅을 한 치씩만 파달라고 요청했습니다. 처음에는 꺼려했던 사람들이 지나갈 때마다 한 치씩 파주고 가게 되었습니다. 한 치의 땅을 파는 일은 어린아이들도 가능했기에 아이들도 연못을 파주었습니다. 평평하던 땅이 차츰 파이면서 연못의 형태를 갖추기 시작했습니다. 그러기를 20년!

드디어 둘레가 20킬로미터나 되는 거대한 호수가 만들어졌습니다. 호수가 완성되자 온 마을의 들이 기름진 옥토로 변하고 물 걱정을 잊게 되었습니다. 이것이 '한 치 호수'가 생기게 된 유래입니다.

✳✳✳

사람의 혼자 힘은 미약하지만 여럿이 합친 힘은 거대합니다. 우리가 불가사의로 여기고 있는 이집트의 피라미드나 중국의 만리장성의 대 역사도 인간의 힘으로 세운 것입니다. 혼자 힘으로는 어림도 없었겠지만, 여럿이 합친 힘이 이루어낸 것입니다. 이것이 사람이 마을을 이루고 사는 이유입니다. 혼자 독립되어 살기에는 어려워도 여럿이 모여살기는 편하기 때문입니다. 자기만 먹고 살겠다고 욕심 부리면, 그것이 나중엔 고생으로 남게 됩니다. 그대 삶은 곁에 힘을 합칠 다른 그대가 있어 행복한 것입니다. 힘을 합쳐주는 사람을 소중하게 마음에 담고 살아가세요. 🌰

인생의 법칙은 욕심의 경쟁이 아니라
만인의 선(善)에 기여하는 재인의 선(善), 협동이다.

－ 네루

누군가에게 인정받는 사람이 된다는 것은
목표를 갖고 끝없이 노력한 뒤에 얻을 수 있는 행복입니다.

자신을 인정해주는
사람과 만나는 행복

헨리 포드가 자동차 왕이 되기 전, 젊었을 때의 이야깁니다. 포드는 새로운 엔진 도면의 설계를 끝낸 뒤 에디슨의 고견을 듣고 싶어 에디슨 연구소를 찾았습니다. 그러나 에디슨은 자리에 없었고 엔진 도면을 본 에디슨 연구소의 기술자들은, 미래의 자동차는 전기자동차가 될 것이므로 별 볼일 없다는 투로 대답했습니다. 며칠 후, 여러 사람이 식사를 하는 자리에서 포드는 옆 사람을 붙잡고 새로 설계한 엔진에 대해 이야기로 열을 올리고 있었습니다. 그때 몇 사람 떨어진 자리에서 에디슨도 포드의 설명을 듣고 있었습니다. 한참 동안 그의 설명에 귀 기울이고 있던 에디슨은 살며시 자리에서 일어나더니, 포드가 있는 자리로 왔습니다. 그리고 포드에게 말했습니다.

"자네, 지금 설명한 그 엔진 설계도를 그려보게."

포드는 열심히 설계도를 그리기 시작했습니다. 이윽고 포드는 설계도를 완성해 에디슨에게 보여주었습니다. 그 설계도를 뚫어지게 보고 있던 에디슨은 갑자기 식탁을 '쾅'하고 내리치더니, 흥분된 목소리로 외쳤습니다.

"바로 이거야. 젊은이, 자네가 해냈군!"

에디슨은 포드의 손을 잡고 자기 일처럼 기뻐해 주었습니다. 몇 년 후 포드는 이때 일을 떠올리며 감개무량한 듯이 말했습니다.

"그때 탁자를 '쾅' 하고 내리치던 선생님 주먹의 엄지손가락이, 내게는 온 세상보다 더 큰 것처럼 느껴졌어!"

그때 에디슨의 말 한마디가 포드에게는 백만 대군의 원군이 되었다는 이야기입니다. 만일 이때 에디슨도 부하 직원들처럼 전기자동차를 고집하는 말을 했다면, 포드는 아마 절망했을지도 모릅니다.

***

자기를 인정해주는 사람을 만나는 것은 행복입니다. 포드는 자기를 인정해주는 에디슨의 말 한마디에 그 설계도를 현실로 만들어 낼 수 있었습니다. 그 설계도를 바탕으로 가볍고 값싼 석유 자동차를 대량생산해 냄으로써 그간 부유층의 전유물처럼 여겨지던 자동차를 온 국민에게 일반화시켜, 자동차시대를 연 주인공이 된 것입니다. 살아가는 동안 이처럼 자신을 인정해주는 사람을 만난다는 것은 큰 행운입니다. 세상에는 사람을 인정해주는 사람보다 흠집 내기에 급급한 사람이 더 많으니까요. 그러나 사람의 인생은 흠집 내는 사람이 아니라 인정해주는 사람에 의해 바뀌어가게끔 되어 있습니다.

무엇인가 목표를 세웠다면 열심히 가세요. 가다 보면 자신을 인정해주는 사람을 만날 수 있습니다. 누군가에게 인정받는 사람이 된다는 것은 먼저 목표를 갖고 끝없이 노력한 뒤 얻을 수 있는 행복이니, 지금은 그저 목표를 세우고 끝없이 도전하는 사람이 되세요. 🐾

> 위대한 사람은 단번에 그와 같이 높은 곳으로 뛰어오른 것이 아니다. 동반자들이 밤에 단잠을 잘 때 그는 일어나서 괴로움을 이기고 일에 몰두했던 것이다. 인생은 자고 쉬는 데 있는 것이 아니라 한 걸음, 한 걸음 앞으로 걸어 나가는 데 있다.
>
> – 브라우닝

행복을 얻는 가장 빠른 지름길은
만족함을 아는 삶을 사는 것입니다.

지금 누릴 수 있는 행복

어떤 사업가가 바닷가에 놀러갔다가, 한 어부가 자기 배 곁에 드러누워 빈둥빈둥 담뱃대나 빨고 있는 것을 보고 알 수 없다는 듯 물었습니다.

"왜 고기잡이를 안 나가시오?"

"오늘 몫은 넉넉히 잡았거든요."

"더 많이 잡으면 되잖소?"

"그래서 뭘 하게요?"

"돈을 더 벌수 있지요. 그러면 배에 발동기도 달 수 있고, 발동기가 있으면 먼 데까지 가서 물고기를 더 많이 잡을 수 있고, 그러면 거기서 번 돈으로 좋은 나일론 그물을 갖출 수 있고, 그러면 또 물고기를 더 많이 잡을 수 있어서 그만큼 돈을 많이 벌게 되지 않겠소? 얼마 안 가 어선을 한 척 살 수도 있겠고……. 그러다가 거대한 어로 선단까지 거느리게 될지도 모르지요. 그렇게 되면 당신도 나처럼 큰 부자가 되는 거요."

"그러고 나서는 뭘 하지요?"

"다음엔 편안히 쉬며 삶을 즐길 수 있지요."

"당신은 내가 지금 뭘 하고 있다고 생각하시나요?"

어부는 흐뭇한 미소를 띠며 사업가에게 물었습니다.

***

지금 누릴 수 있는 행복을 뒤로 미루지 마세요. 사람이 사는 것은 누구나 행복해지기 위해서인데, 지금 누릴 수 있는 행복을 뒤로 미루는 것은 바보 같은 짓입니다. 지금 이 순간, 그대가 가장 행복할 수 있는 것이 무엇인지 생각해보세요. 우리는 욕망을 위해 너무 많은 행복을 잃어버리고 있습니다. 행복을 얻는 가장 빠른 지름길은 만족할 줄 아는 삶을 사는 것입니다.

위 글에 나오는 어부처럼 잡을 만큼의 물고기만 잡으면, 나머지 시간은 자기를 위해 여유로움을 즐기며 살아야 합니다. 행복은 멀리에 있지 않습니다. 요즘처럼 경쟁의 시대일수록 자기를 위해 쓰는 시간이 더욱 필요합니다. 재충전을 위한 시간으로 활용하면 더 나은 내일을 창출해낼 수 있기 때문입니다. 욕심을 위해 일하지 말고 행복을 위해 일하세요. 그러면 일에 능률이 더 오를 것입니다.

지금 누릴 수 있는 행복은 주위에 참으로 많습니다. 그것을 찾아보세요.

인간의 마음가짐이 곧 행복이다.
– 실러

삶을 행복하게 하는 것들 중 하나가 즐거운 인간관계입니다.
존중하고 존중받는 삶을 주위 사람들과 만들어 가세요.

존중하는 삶과 존중받는 삶

박상길이라는 나이 지긋한 백정이 장터에 푸줏간을 내고 있었습니다. 어느 날 이 푸줏간으로 양반 두 사람이 고기를 사러왔습니다. 그 중 한 양반이 먼저 고기를 주문했습니다.

"얘, 상길아. 고기 한 근 썰어다오."

"그러지요."

박상길은 솜씨 좋게 칼로 고기를 베어 그 양반에게 주었습니다. 함께 온 양반은 상대가 비록 천한 신분이기는 하지만 나이 든 사람에게 말을 함부로 하기가 거북해 이렇게 고기를 주문했습니다.

"박 서방, 여기 고기 한 근 썰어주시게."

"예, 고맙습니다."

기분 좋게 대답한 박상길이 선 듯 고기를 잘라주는데, 먼저 고기를 산 양반이 보니 자기가 받은 고기보다 갑절은 되어 보였습니다. 이에 그 양반은 화가 나서 소리를 지르며 따지듯 말했습니다.

"이놈아, 같은 한 근인데 어째서 이 사람 것은 크고, 내 것은 작은 것이냐?"

그러자 박상길이 대답했습니다.

"예, 그야 손님 것은 상길이가 자른 것이고, 이 어른 고기는 박 서방이 잘랐으니까요."

＊＊＊

인간관계의 바탕은 존중입니다. 서로를 아껴주고 배려해주는 가운데 사랑도 싹트고, 우정도 생기고, 인정도 넘치고, 동지애도 끈끈해집니다. 상대에게 받고 싶은 것이 있다면 내가 먼저 그것을 상대에게 주면 됩니다. 인간관계는 오랜 시간 동안 벽돌을 쌓듯 쌓으면서 조금씩 마음에 자리 잡지만, 허물어지는 것은 한 순간입니다. 사실 허물어지기 쉬운 것이 인간관계지만 하지 말아야 할 짓, 즉 배신만 하지 않으면 아주 견고한 성이기도 합니다. 자기가 지금 유지해가고 있는 인간관계를 견고한 성으로 만들 수 있느냐, 그렇지 않느냐는 관계를 유지해가는 사람의 마음가짐에 달려 있습니다.

자기의 마음을 애꿎은 상대에게 전가하면 안 됩니다. 어떤 일이 있더라도 상대를 존중하는 마음을 갖고 대할 때, 자신의 인간관계는 자신에게 즐거움을 주는 관계로 남을 것입니다. 존중하고 존중받는 인간관계를 그대의 인생에 있게 하세요. 삶을 행복하게 하는 것들 가운데 하나가 즐거운 인간관계입니다. 그대에게 맞는 사람과 어울리는 삶을 사세요. 🐾

인간은 자기가 남을 존경할 때만 존경받을 수 있다.
– 에머슨

나는 행복하다는 생각은 삶에 의욕을 불어넣고
어떻게 하면 더 잘할까 하는, 생각하는 삶을 살게 합니다.

지금 자기가 지니고 있는
행복을 볼 수 있다면

클라렌스 파웰이라는 사람이 젊은 시절을 회고하며 전해준 이야깁니다. 지금은 풍요로운 생활을 하고 있지만, 젊은 시절엔 꽤 어려운 생활을 했다고 합니다.

그에게는 세 자녀가 있었는데, 가을 학기가 되자 걱정이 이만저만이 아니었습니다. 두 아들과 딸에게 새 운동화를 사줘야 했기 때문입니다. 특히 두 아들은 궤짝으로 만든 손수레를 타고 언덕 비탈길을 내달리면서 발로 문지르기 때문에 늘 신발이 빨리 닳아지는 것이었습니다.

또 아내는 세탁기가 고장나서 빨래를 할 수 없다고 아우성이었습니다. 그래서 그는 신문광고란을 뒤져 중고세탁기를 파는 집을 발견해 그 집을 찾아가게 되었습니다. 그가 찾아간 집은 크고 훌륭한 저택이었습니다. 그는 집의 웅장함에 잠시 머뭇거리다가 초인종을 눌렀습니다. 주인부부는 그를 친절하게 맞아 주었습니다. 그들은 그에게 아주 싼 값에 세탁기를 팔았습니다. 그는 고마움을 금할 길이 없었습니다.

그래서 주인부부와 이런저런 얘기를 나누다가 무심코 자기 아이들 얘기를 꺼내게 되었습니다. 두 아들 녀석이 손수레를 타면서 신발이 다 닳았고 딸은 줄넘기를 해서 신발이 해졌는데, 학교 가기 전에 새 운동화를 사줘야 하기에 걱정이라고 말하기에 이르렀습니다. 그런데 그가 여기까지 이야기하자 갑자기 주인 부인의 얼굴이 이상해졌습니다. 그러더니 방안으로 급히 뛰어 들어가는 것이었습니다. 그가 언뜻 보니 눈물을 흘리고 있는 것이었습니다. 그가 당황해 하자 부인의 남편이 이렇게 말했습니다.

"걱정 마세요. 당신은 아무 실수도 하지 않았어요. 당신은 아이들 신발 때문에 걱정하셨죠? 우리에게는 어린 딸이 하나 있는데, 그 아이는 태어난 후 한 번도 걸은 적이 없지요. 만약 우리 아이가 신발을 신고 한 켤레만 닳게 해서 못 쓰게 할 수 있다면 우리에게는 그보다 더 큰 행복이 없을 것입니다."

집으로 돌아온 그는 말썽꾸러기 자녀들이 어찌나 사랑스러운지, 그리고 닳아빠진 세 켤레의 운동화를 보면서 한없는 감사함을 느꼈다고 합니다.

사실 우리 자신을 가만히 돌이켜보면 불행한 것보다 행복한 것이 더 많다는 생각이 듭니다. 우리 자신이 지닌 것 이상의 욕심만 부리지 않는다면, 아니 지금 우리 자신이 지니고 있는 행복만 볼 수 있는 눈을 갖고 있다면. 사람이 '나는 행복하다는 생각을 갖는 것'은 무엇보다도 중요합니다. 행복하다는 생각은 삶에 활력을 불어넣습니다. 의욕을 갖고 지금 자기가 하는 일에 열심이며, 그 일을 어떻게 하면 더 잘할지를 여러모로 생각하는 삶을 살기 때문입니다. 반대로 불행하다는 생각은 의욕을 상실시켜 살아야겠다는 본질마저 빼앗아 갑니다.

***

우리는 어디서나 느낄 수 있습니다, 자신이 얼마나 행복한 사람인지를. 자식이 있다면 자식이 커가는 모습에서, 애인이 있다면 애인을 생각하는 마음에서, 모르는 것이 있다면 알아가는 과정에서,

소식이 끊겼다가 오랜만에 만난 사람에게서……. 우리는 우리의 행복한 모습을 어디서나 볼 수 있습니다. 단지 그것을 볼 수 있는 눈을 갖고 있지 못하다는 게 문제일 뿐. 삶은 언제든지 행복해질 수 있습니다. 자신이 지금 지니고 있는 행복을 볼 수 있는 눈만 가지고 있다면. 🌱

> 감사하다는 마음, 그것은 자기 아닌 다른 사람에게 보내는 감정이 아니라 실은 자신의 평화를 위해서다.
> — 논어

남보다 낫기 위해서가 아니라 보람을 느끼기 위해 살 때
아주 사소한 것에서도 행복을 얻을 수 있습니다.

행복의 조건

먼 옛날 깊은 산속 통나무집에 한 노인이 살고 있었습니다. 하얀 수염이 무릎까지 내려온 이 노인은 세상의 온갖 지혜를 꿰고 있었습니다. 어쩌다 노인이 마을로 내려오기라도 하면 많은 사람들이 노인의 말을 들으려고 몰려들었습니다.

어느 날 노인은 마을 사람들에게 행복의 비밀을 가르쳐주겠다고 약속했습니다. 그러면서 노인은 조건을 하나 달았습니다. 비밀을 들을 만한 자격이 있는 한 사람에게만 말해주겠다는 것이었습니다. 마을 사람들은 오랫동안 의논한 끝에 아름다움이야말로 이 세상에서 가장 값진 것이라 생각하고 마을에서 가장 예쁜 소녀를 뽑아 보냈습니다. 그러나 노인은 그 소녀를 그냥 돌려보냈습니다. 일이 그렇게 되자 풍부한 재산이 세상에서제일 소중한 것이라고 생각한 사

람들은 이번엔 마을에서 제일가는 부자를 보냈습니다. 하지만 이번에도 노인은 부자를 말없이 돌려보냈습니다. 노인은 슬퍼졌습니다. 고작 그런 것밖에 생각하지 못하는 마을 사람에게 실망이 컸기 때문입니다.

이렇게 슬퍼하며 노인은 마을을 나섰는데, 얼마 안가 새를 가슴에 품은 채 울고 있는 소년을 만나게 되었습니다. 노인이 그 사연을 묻자 그 소년은 다친 새가 불쌍해서 울고 있다고 대답하는 것이었습니다. 소년의 말을 들은 노인은 얼굴에 가득했던 슬픈 빛이 사라지고, 기쁨의 빛이 얼굴 가득 차 올랐습니다. 그제야 행복의 비밀을 말해줄 사람을 찾은 것이었습니다.

"애야, 지금 네가 흘리고 있는 눈물이야말로 세상에서 가장 소중한 것이란다. 남을 불쌍히 여기는 마음이 없이는 결코 행복한 세상을 이룰 수 없기 때문이란다."

소년은 노인에게 들은 행복의 비밀을 마을 사람들에게 전해주었습니다.

＊＊＊

우리가 생각하고 있는 행복의 조건은 무엇일까요? 세상에는 행복의 조건이 참으로 많습니다. 그리고 사람마다 생각하는 바도 다를 것입니다. 그런데 하나 경계해야 할 것은 남에게 보여주는 것을 행복으로 여기는 것입니다. 자신의 내면에서 행복을 찾지 못하고 남에게 보여주는 데서 행복을 찾는 사람은 평생 만족을 모른 채 살 수밖에 없습니다. 모든 것이 남보다 나아야 하기 때문입니다. 남에게 보여주는 데서 행복을 찾는 삶은, 반대로 남에게 보여줄 것이 없을 땐 불행한 삶을 살아야 합니다. 그리고 남에게 보여주기 위해 살다 보면 정작 자신을 위해 사는 시간은 없기 때문입니다. 남보다 낫기 위해서가 아니라 보람을 느끼기 위해서 살 때, 아주 사소한 것에서도 큰 행복을 얻을 수 있습니다. 새를 안고 있는 소년처럼 우리도 다른 사람을 위해 흘릴 수 있는 눈물을 갖고 있습니다. 사랑하는 사람의 슬픔 때문에 눈물을 흘려본 사람은 행복의 비밀을 알고 있는 사람입니다. 그 눈물을 잃어버리지 마세요. 🌸

> 가장 행복했던 사람은 조용한 가슴을 가지고 일상의 햇빛을
> 즐겁게 여기며 나머지는 하느님에게 맡긴 사람이다.
> – 체니

행복도 저절로 오는 것이 아닙니다.
때로 행복도 만들어지는 것입니다.

행복해지는 법

어떤 부인이 수심이 가득한 얼굴로 성 빈체시오 신부를 찾아왔습니다.

"신부님 저는 더 이상 남편과 살지를 못하겠습니다. 그의 신경질은 너무나 심합니다. 이제는 참고 살 수가 없을 정도이니 어떻게 하면 우리 가정이 다시 화목해질 수 있을까요?"

신부는 잠시 생각에 잠겼다가 다음과 같이 말했습니다.

"우리 수도원 앞뜰에 작은 우물이 하나 있답니다. 그 물을 좀 받아 가십시오. 남편이 집에 돌아와 신경질을 낼 것 같으면 그 물을 얼른 한 모근 입에 머금으십시오. 삼켜서는 안 됩니다. 그러면 놀라운 일이 일어날 것입니다."

신부의 말대로 그 부인은 수도원의 물을 받아가지고 집으로 돌아갔습니다. 그날 밤 늦게 귀가한 남편은 여느 때와 마찬가지로 부인에게 불평을 하기 시작했습니다. 전날 같으면 부인도 같이 말대꾸를 했겠지만 그녀는 신부의 가르침대로 수도원에서 가져온 물을 입에 물고 있었으므로 그럴 수 없었습니다. 그렇게 부인이 말대꾸를 하지 않고 침묵을 지키자 남편이 떠드는 소리도 점점 작아졌습니다. 그날 밤 이들 부부는 더 이상 다투지 않고 밤을 보낼 수 있었습니다.

그날부터 부인은 남편이 신경질을 부릴 때마다 그 물을 입안 가득히 머금곤 했습니다. 그런 일이 여러 번 반복되자 남편의 행동은 눈에 띄게 변했습니다. 신경질은 줄어든 대신에 부인을 친절하게 대하는 빈도는 늘어만 갔습니다. 부인은 남편의 달라진 태도에 무척이나 기뻐하며 신부를 찾아가 감사의 인사를 했습니다. 그러자 신부는 이렇게 말했습니다.

"기적을 일으킨 것은 수도원 앞뜰의 우물물이 아닙니다. 바로 부인의 침묵입니다. 부인의 침묵이 남편을 부드럽게 만든 최고의 수훈자입니다."

***

그렇습니다. 둘이 똑같이 지지 않고 말다툼을 할 땐 가정이 살 수 없는 곳처럼 느껴졌지만 신부님이 시킨 대로 입에 물을 채우고 침묵하자, 서로 다투는 일이 사라지기 시작했습니다. 우리나라 속 담에 '손바닥도 마주쳐야 소리가 난다'는 말이 있습니다. 한쪽이 떠 들 때 한쪽이 대꾸를 하지 않으면 소리가 날 일이 없음을 이 글은 말해주고 있습니다. 그리고 부인이 손바닥을 마주치지 않자 남편도 바뀌기 시작하지요. 그리고 가정도 살 수 없는 곳에서 행복한 장소 로 바뀝니다. 바로 참는 자에게 복이 온다는 말과도 일치하지요. 행 복도 저절로 오는 것이 아닙니다. 때로 행복도 만들어지는 것입니 다. 사랑해서 결혼했으면 가정을 행복하게 만드는 것도 두 사람의 권리이자 의무입니다. 요즘 이혼이 많이 늘어난 것도 참지 않고, 자 기의 주장만 늘어놓기 때문입니다. 두 사람의 다툼이 심해질 때면 이 글처럼 해보세요. 한쪽이 침묵하면 다른 사람도 곧 떠드는 것을 그만두게 됩니다. 이 글처럼 행복해지는 법은 의외로 쉬울 수 있습 니다. 🐝

> 행복은 원칙은 첫째 어떤 일을 할 것, 둘째 어떤 사람을 사랑할 것,
> 셋째 어떤 일에 희망을 가질 것이다.
>   – 칸트

PART 04

제4장_그대의 사막에도
희망꽃이 피기를…

위대한 사람은

단번에 그와 같이 높은 곳에 뛰어오른 것이 아니다

동반자들이 밤에 단잠을 잘 때

그는 일어나서 괴로움을 이기고 일에 몰두했던 것이다

인생은 자고 쉬는 데 있는 것이 아니라

한 걸음, 한걸음 앞으로 걸어나가는 데 있다

– 브라우닝

남들이 포기할 것이라고 생각한 일을 해내면
자신이 꿈꾸는 일을 해낼 수 있습니다.

노력하는 사람에게만
찾아오는 복

폐결핵에서 겨우 회복한 열아홉 살의 한 소년이 자연과학에 흥미를 느낀 나머지 런던에 있는 대영박물관 부속 도서관을 이용하기로 했습니다. 그때 그 소년의 하루 식사량은 빵과, 밀겨와 당밀로 자기가 손수 만든 커피로 만족할 정도로 가난했습니다. 그가 입으로 먹는 식사는 보잘 것 없었지만 그는 정신적으로 먹는 식사만큼은 훌륭한 식사를 하겠다는 생각으로 도서관을 찾아갔습니다. 그런데 도서관 안내인은 21세 미만의 사람은 도서관을 출입할 수 없다며 냉정하게 거절했습니다.

"안내인님, 그러면 나에게 특별히 허가를 내줄 분은 없을까요?"

소년은 낙심하지 않고 다른 방법이 없는지를 안내인에게 물었습니다. 그러자 안내인은 빙긋이 웃으며 말했습니다.

"아, 그야 있지. 에…… 우선 총리대신, 영국황태자, 또는 칸타베리의 대주교."

안내자의 말 속에는 네가 해낼 수 있겠느냐는 장난기가 섞여 있었습니다. 이들을 만나 허락을 받아낸다는 것이 얼마나 힘든지를 안내인은 잘 알고 있었습니다. 그러나 그는 도서관에 들어가는 것을 포기할 수 없어 아내인이 말해준 세 명을 만나기로 결심했습니다. 그리고는 열심히 이들을 만나러 뛰어다녔고, 그 덕분에 그는 일반 입장권도 아닌 종신 입장권을 손에 넣을 수 있었습니다.

이 사람이 바로 후에 자연사 연구에 관한 책을 40권이나 출간했고, 박물학자 및 동물설화 작가가 된 시튼입니다.

***

사람은 평생 갖가지 시험을 보고, 시험을 당합니다. 그 중에는 저 사람이 과연 해낼 수 있을까, 하는 시험도 들어 있습니다. 모든 시험에 최선을 다해야겠지만, 특히 자신을 얕잡아보고 내는 문제일

수록 더 열의를 불태워야 합니다. 누구나 할 수 있는 시험은, 갖다 주는 결과도 누구나 느낄 수 있는 것에 불과합니다. 저 사람이 해낼 수 있을까, 하는 시험엔 남들이 천박하다고, 귀찮다며 하지 않는 것들도 있습니다. 그러나 그런 일을 해서 성공한 인물을 지난 역사 속에서 우리는 많이 보아왔습니다.

미래를 믿고 자신감이 있는 사람일수록 직업에 대한 귀천이 없습니다. 남들이 뭐라고 하든 개의치 않는 신념이 자신을 만듭니다. 남들이 포기할 것이라고 낸 문제를 풀어내면 자신이 꿈꾸는 일을 해낼 수 있습니다. 세상에 자존심 때문에 할 수 없는 직업은 없습니다. 남들이 자존심 때문에 할 수 없는 일이라며 포기하는 시험이 그대 앞에 놓여지면 그대는 어떡할 것인가요? 🍀

가장 저급하고 단순한 일이라도 그 일을 하는 사람의 영혼은 평온을 되찾는다. 그가 일을 시작하는 순간 악마는 떠나며 감히 다가서지 못한다. 그제야 진정한 인간이 되는 것이다.

— 칼라일

시련은 시련 당하는 사람을
아름다운 존재로 만들어주는 보석공과 같은 것입니다.

꽃이 피는 이유

조이스 목사는 몇 년 전에 넝쿨장미를 정원의 모퉁이에 심었습니다. 넝쿨장미는 노란 꽃을 풍성하게 맺는 종자로, 정원에 노란 꽃이 만발할 것을 기대하고 심어놓은 것입니다. 그런데 몇 년이 지났는데도 꽃 한 송이 피지 않았습니다. 그래서 그는 장미를 사온 원예사에게 가서 물어보았습니다.

"물도 주고 흙을 기름지게 만들어주는 등 그동안 온갖 정성을 기울인 결과 무성하게 자랐는데, 이상하게 꽃이 피지 않아 이렇게 찾아왔소."

목사의 말을 듣고 난 원예사는 바로 그런 정성 때문에 꽃이 피지 않았다며, 꽃을 피게할 수 있는 방법을 설명해주었습니다.

"그런 종류의 장미들은 정원에서 제일 기름지지 못한 땅에 둬야 합니다. 모래흙이 제일 좋고 비료를 줘서는 안 되며, 자갈 섞인 흙을 넣어주십시오. 그리고 불필요한 가지를 사정없이 쳐버리고 잘라버리세요. 그러면 꽃이 필 것입니다."

집으로 돌아온 조이스 목사는 원예사가 시키는 대로 했습니다. 그랬더니 화려하고 커다란 장미꽃들이 수없이 피어나 정원을 아름답게 장식했습니다. 이것을 본 조이스 목사는 다음과 같이 깨달음을 말했습니다.

"노란 넝쿨장미는 인간의 삶과 어쩌면 그렇게 같을까. 곤경은 영혼의 아름다움을 향상시키며, 괴로움을 디디고 일어설 때 비로소 풍요해지는 인간의 삶과 어쩌면 그렇게 같을까."

***

시련은 시련 당하는 자를 아름다운 존재로 만들며, 안락과 풍요와 갈채는 그들을 황폐하게 할 뿐이라는 말이 있습니다. 위의 이야기는 실제 생활에서도 경험할 수 있습니다. 시골에 가면 콩이나 들깨의 순을 잘라주는 것을 볼 수 있습니다. 그렇게 해야 꽃이 많이 피고 열매를 실하게 맺기 때문입니다. 사람에게 시련의 역할은 사람에게 더 실한 열매를 맺게 하기 위한 순 따기와 같은 것입니다.

지금 그대 앞에 시련이 와 있다면 이렇게 생각하세요.

'나에게도 열매 맺을 날이 얼마 남지 않았구나.' 🍀

독수리가 하늘을 자유롭게 날아다니기까지의 연습은 몇 번이고
강풍 때문에, 그 약한 날개를 지상에 처박는 일이다. 그것을 견뎌내지
못하면 독수리라 할지라도 지상을 기어 다니는 일밖에 못할 것이다.

— 성 프란체스코의 어머니

이제 자신의 인생에서 작심삼일이라는 말을
영원히 추방해보는 것은 어떨까요.

자신과 한 맹세

어느 날 대규모 군사훈련을 마치자 나폴레옹이 장병들을 위로
하기 위해 주연을 크게 열었습니다. 그 자리에는 나이 어린 북치기
병사가 있었습니다. 어느 장군이 그에게 공로를 치하하고 술을 따
라주려 하자 소년 병사는 정중히, 그러나 단호하게 거절했습니다.

"상관의 명령에 복종하지 않는 법도 있단 말인가. 자, 어서 술
을 마셔!"

마음이 상한 장군이 소리를 높여 다시 명령했지만, 소년병사는
결코 술잔을 받지 않았습니다. 이에 장군은 크게 격분하여 말했습
니다.

"너 같은 녀석은 군대에서 쫓아내버리겠다."

그러자 소년 병사는 자세를 가다듬고 이렇게 말했습니다.

"군대에 들어온 이후 저는 지금까지 한 번도 상관의 명령을 거역하거나 복종하지 않은 적이 없었습니다. 그러나 술 마시는 일은 병사의 의무가 아니기 때문에 아무리 상관 명령이라 해도 마실 수 없습니다. 더구나 저의 아버지는 술 때문에 일신을 망쳤으며, 어머니도 아버지의 술 대문에 얼마나 고생했는지 저는 잘 알고 있습니다. 입대할 때 어머니는 제게 '결코 술을 입에 대지 말라'고 충고하셨으며, 저 역시 하느님께 술을 마시지 않겠다고 맹세했습니다. 이 맹세를 어길 수는 없습니다!"

소년 병사의 말을 들은 장군은 그제야 소년의 마음을 알고, 자신의 행동을 부끄러워했습니다. 그리고 소년 병사에게 사과했습니다.

＊＊＊

해마다 연초면 우리는 어떤 일을 하겠다고 계획을 세웁니다. 그러나 그 계획은 그리 오래 가지 못합니다. 새해 벽두에 세우는 계획은 대개 마음을 다스려야 하는, 즉 의지력을 필요로 하는 계획이 많기 때문입니다. '담배를 끊겠다', '술을 끊겠다'는 계획을 세워보지 않은 사람은 별로 없을 것입니다. 그리고 이것을 끝까지 실천하는 사람이 별로 없는, 아주 성공해내기 어려운 계획입니다. 그래서 우리속담에 작심삼일이라는 말도 있습니다.

해낼 수 없는 계획은 애당초 세우지 않는 게 좋습니다. 이것은 자기 자신을 위해서입니다. 사람들은 시간이 지나면 무감각해지는 경향을 갖고 있습니다. 계획을 세우고 그것을 실천하지 못하는 일이 되풀이되면 나중엔 어떤 계획을 세우더라도 해내겠다는 의지 역시 예전만 못하게 됩니다. 그리고 그 계획을 실천하는 과정에서 조그만 난관만 있어도 쉽게 포기합니다. 내가 해서 되는 일이 어디 있었느냐며 점점 자포자기상태로 빠져듭니다. 그러나 계획을 세우고 그것을 해낸 사람은 그 기쁨을 알기 때문에 웬만한 난관쯤은 쉽게 돌파하는 모습을 보여줍니다. 이것이 바로 해낼 수 있는, 즉 자신에게 맞는 계획을 세워야 하는 이유입니다.

올해는 무리한 계획보다 지킬 수 있는 계획을 세워 성공해 보기 바랍니다. 그리고 자신의 인생에서 작심삼일이라는 말을 추방해보는 것은 어떨까요. 🍀

일의 폭을 넓히려 하는 모험은 마음의 폭도 넓히고,
자기 인식에 풍경을 더해준다.
― 알랭

배움에서만큼은 적령기 사상을 갖지 않을 때,
늙지 않는 정신과 보람으로 언제나 활기차게 살 수 있습니다.

배운다는 것

독일의 베를린 대학 강단에서는 근대 자연지리학의 개척자인
알렉산더 훔볼트의 저서로 열띤 강의가 진행되고 있었습니다. 강의
를 진행하는 사람은 훔볼트의 학문에 심취해 있는 중년의 교수였습
니다. 그 교수는 훔볼트 사상을 집중적으로 연구해 그 분야에서 권
위를 얻고 있었습니다. 그런데 강당의 한쪽 구석에 머리가 허연 노
인이 열심히 강의를 듣고 있었습니다. 젊은 학생들 사이에 끼여 있
으면서도 노인은 아무런 거리낌이 없어 보였습니다. 그가 바로 훔볼
트였습니다.

"어? 저분은 훔볼트 박사님이 아니신가?"

옆자리에서 강의를 듣고 있던 학생이 훔볼트의 얼굴을 알아보
고 소리쳤습니다.

"쉿, 지금은 강의시간일세. 조용히 하게."

훔볼트는 그 학생을 향해 나직하게 말했습니다. 강의가 끝나자 학생들은 훔볼트 주위로 몰려들었습니다.

"박사님은 자신의 저서로 강의하는 시간에 뭘 더 배우시려고 여기 앉아 계셨습니까?"

훔볼트는 학생들의 질문에 이렇게 대답했습니다.

"나는 아직도 젊은 시절의 향학열을 갖고 있다네. 그래서 이렇게 나이가 든 지금도 열심히 강의를 듣는 거라네. 오늘은 내가 젊었을 때 간과했던 지층 구조에 관한 한 가지 사실을 발견했네. 자, 이제 나는 그만 집으로 가서 그 부분에 대해 더 연구해봐야겠네."

***

살아생전 늦은 것이 있을까요? 늦었다고 말하는 사람이 많은 걸 보면 늦은 것은 있나 봅니다. 그런데 한 가지는 분명 늦은 것이 없다는 생각이 듭니다. 그것은 배움입니다.

사람들은 참으로 많은 '적령기'라는 감옥에 갇혀 있습니다. 공부할 시기, 결혼적령기, 직업에 따라 일할 수 있는 나이 등을 정해 놓은 적령기 사상. 어찌 보면 이것도 고정관념인데, 사람들은 쉬 벗어나지 못하고 있습니다. 다수가 하는 일을 하지 않으면 이상한 시각으로 보는 적령기 사상에서 벗어날 때 삶은 좀더 자유롭고 만족할 수 있습니다. 자기가 살고 싶은 대로 살아보는 것이 한 번뿐인 삶에서는 가장 소중한 것일지도 모릅니다. 그 중에서도 특히 배움에서만큼은 반드시 적령기 사상에서 벗어나야 합니다. 그래야 인생이 더욱 활력 넘치고 새로운 감각으로 세상을 볼 수 있는 눈을 가질 수 있습니다. 배움은 삶에 개성을 줍니다. 늙지 않는 정신을 줍니다. 그리고 살아 있는 보람을 줍니다. 삶에서 모르는 것을 알아가는 것만큼 가치 있는 행복을 주는 것도 없습니다. 그리고 나이를 가리지 않는 것이 배움입니다. 배움에서만큼은 늦었다는 소리를 절대 하지 않았으면 합니다. ✿

군자는 행동을 가볍게 하지 말라. 행동이 가벼우면 사물에 마음을 주게 되어 여유와 침착함을 잃게 된다. 또한 군자는 마음가짐을 무겁게 하지 말라. 너무 무거우면 마음속의 사물에 얽매여 시원스럽고 활달한 기운을 잃게 된다.

– 채근담

아직 세상엔 최초가 될 수 있는 것이 많습니다.
그 중엔 그대를 위한 것도 있습니다.

최초가 될 수밖에 없는 이유

신라의 선덕여왕은 우리나라 최초의 여왕이었습니다. 그녀가 아직 왕위에 오르기 전인 덕만공주 시절의 이야기입니다.

당태종이 진평왕에게 곁에 모란꽃이 그려진 선물상자를 보내왔습니다. 상자 안에는 모란꽃 씨가 담겨 있었습니다. 덕만공주는 모란꽃 그림을 한참 들여다 본 후 말했습니다.

"저 꽃그림에는 향기가 없어. 그러니 씨앗을 뿌려 꽃이 핀다 해도 향기가 없을 거야."

과연 시간이 흘러 땅에 심은 모란이 꽃을 피웠는데, 그녀의 말대로 향기가 없었습니다. 진평왕과 신하들은 공주의 선견지명에 놀라며 어떻게 그 사실을 알아냈냐고 물었습니다. 공주는 대수롭지 않다는 듯이 대답했습니다.

"본디 향기가 있는 꽃에는 나비가 찾아드는 법인데, 저 그림에는 나비가 그려져 있지 않아요. 그래서 향기가 없다는 걸 알았지요."

"공주님의 지혜는 참으로 헤아릴 수 없이 넓고도 깊습니다."

신하들이 칭찬하자 공주는 겸손하게 말했습니다.

"너무 과분한 칭찬입니다. 사물을 꼼꼼하게 살피고 깊이 생각하면 누구나 알 수 있는 사실입니다."

그 후 진평왕은 왕자가 생기지 않자 지혜로운 덕만공주에게 왕위를 물려주었습니다.

***

최초인 사람들은 최초가 될 수밖에 없는 이유가 있습니다. 그들은 호기심을 갖고 사물을 대합니다. 그리고 그 사물을 그냥 지나치지 않습니다. 발명왕 에디슨도 그랬고, 비행기를 만든 라이트 형제도 그랬고, 떨어지는 사과를 보며 만유인력을 발견한 뉴턴도 그랬습니다.

덕만공주도 최초가 될 수밖에 없는 이유를 갖고 있었기 때문에 우리나라 최초의 여왕이 될 수 있었습니다. 그녀는 사물을 깊이 관찰하고 생각할 줄 아는 지혜를 갖고 있었습니다. 만약 그녀가 지혜롭지 않았다면 양자를 들여서라도 왕위를 계승하려 했을 것입니다. 그녀의 지혜를 익히 알고 있었기에 나라를 맡겨도 되겠다고 왕과 신하들이 생각했을 테고, 그녀를 우리나라 최초의 여왕을 만드는 데 반대하지 않았을 것입니다.

최초가 되는 데는 반드시 이유가 있습니다. 그것은 사물에 관한 호기심과 관찰력, 그리고 그것을 파헤치는 '왜'라는 질문입니다. 아직 세상엔 최초가 될 수 있는 것이 많습니다. 그 중엔 그대를 위한 것도 있습니다. 열심히 찾아보세요. ✿

사람은 자신을 위해 나무를 심지 않고, 후손을 위해 심는다.
- 스미드

자기를 살리는
사람이 된다는 것 1

세 마리의 개구리가 우유통에 빠져 살길이 막막해졌습니다. 개구리들은 살기 위해 최선을 다했습니다. 첫 번째 개구리는 어떻게든 우유통에서 빠져나오려고 있는 힘을 다해 허우적거렸습니다. 하지만 시간이 흐를수록 힘이 빠져 결국 죽고 말았습니다. 두 번째 개구리는 아예 처음부터 살아야겠다는 생각을 포기한 듯 몇 번 허우적거리다가 죽고 말았습니다.

그런데 마지막까지 살아남은 개구리는 지나치게 허우적거리지도, 살려는 마음을 포기하지도 않았습니다. 그 개구리는 침착하게 자신이 물에서 헤엄쳤던 기억을 떠올렸습니다. 그리고 평소 물에서 헤엄쳤던 대로 천천히 발을 움직였습니다. 코를 수면 위로 내밀고

앞발로 물을 가르면서 가라앉는 것을 막기 위해 뒷다리는 계속 우유를 갈랐습니다. 그런데 한참이 지나자 뒷다리에 뭔가 딱딱한 물체가 자꾸 부딪쳤습니다. 시간이 더 지나자 이제는 뒷다리로 그 딱딱한 물체를 딛고 설 수 있었습니다. 그 틈을 타 개구리는 우유통 밖으로 얼른 튀어 나왔습니다. 그 딱딱한 물체는 버터 덩어리였습니다. 개구리가 우유를 계속 휘젓는 사이에 버터가 만들어졌던 것입니다.

＊＊＊

그대 몸의 주치의는 의사여야 하지만, 그대 삶의 주치의는 그대 자신이어야 합니다. 몸에 병이 나면 의사가 치료해주지만 삶에 탈이 나면 자신이 치료해야 합니다. 몸에 난 병이 급하면 응급실로 가면 되지만 삶에 난 탈이 심하면 침착한 마음을 가져야 합니다. 우왕좌왕하면 정신만 산만해지고 해결 방도가 나오지 않습니다. 몸에 병이 아무리 커도 찾고 찾으면 시술방법이 나오듯, 삶이 아무리 큰 위기에 접했더라도 차분하게 탈출구를 찾으면 벗어날 방법을 알 수 있습니다. 어떤 위기에 처하더라도 그대를 살리는 사람이 되세요.

위기는 죽으라고 찾아오는 것이 아니라 숨겨져 있는 자기를 살리는 방법을 찾으라고 오는 것입니다, 위기가 오면 침착하게 자기를 살리는 방법을 찾는 사람이 그대가 되길 바랍니다. ❧

겁쟁이와 망설이는 자에겐 모든 것이 불가능해 보이기 때문에 불가능하다.

－스코트

위기가 오면 '토끼전'의 토끼처럼 자신을 살리는 사람이 되어
그대에게 주어진 천명을 다하는 사람이 되길 바랍니다.

자기를 살리는
사람이 된다는 것 2

시베리아 벌판을 달리던 냉동차에 사람이 갇혔습니다. 사람이 안에 있는 줄도 모르고 냉동실 문을 밖에서 잠근 것입니다. 냉동실에 갇힌 사내는 필사적으로 문을 열어달라고 외쳤지만, 이미 움직이기 시작한 차의 소음 때문에 아무 소리도 들리지 않았습니다. 사내는 모든 것을 포기하고 말았습니다.

'나는 이제 죽을 것이다. 이미 내 몸은 얼어가고 있다. 의식도 희미해지고 있다. 모든 것이 마지막이다.'

사내는 냉동실 한쪽에 웅크리고 앉아 만년필로 벽에다 그렇게 끄적거렸습니다. 다음 목적지에 도착하자 냉동차가 멈췄습니다. 물건을 내리기 위해 냉동실 문을 열었을 때 사람들은 깜짝 놀랐습니

다. 사내의 싸늘한 시체가 바닥에 뒹굴었기 때문입니다. 그런데 더 놀라운 것은 냉동실의 온도가 사람이 얼어 죽을 만큼 낮지도 않는데 사내가 얼어 죽었다는 것이었습니다.

"어떻게 이런 일이……. 고장 난 냉동실 안에서도 사람이 얼어 죽을 수 있다니……."

사람들은 모두 안타까워 혀를 찼습니다. 그렇습니다. 그 냉동실은 고장이 나서 전혀 가동이 되지 않고 있었습니다. 결국 사내를 얼어 죽게 만든 것은 치명적으로 낮은 온도 때문이 아니라 죽음 앞에서 벌벌 떨게 만든 공포였습니다.

＊＊＊

우리나라 전래동화인 「토끼전」에서 우리는 용궁으로 잡혀간 토끼가 살아남기 위해 안간힘을 쓰다가 죽기 일보 직전에 놓였는데도 삶을 포기하지 않고 기지를 발휘하는 장면을 통해 뭔가 깨달은 바가 있을 것입니다. 이를 우리 속담으로 표현하면 '하늘이 무너져도 솟아날 구멍이 있다'이거나 '호랑이에게 물려가도 정신만 바짝 차리면 산다'일 것입니다.

냉동실에 갇힌 사내가 막연하게 '내동실 안은 아주 추울 것이다'라는, 그래서 '아무리 애를 써도 얼어 죽고 말 것이다'라는 고정관념에 젖지만 않았던들 사내는 살아날 수 있었을 것입니다. 바로 이 고정관념이 포기를 낳고 사내는 스스로의 체온을 낮춰 죽음의 길을 택한 것입니다. 살다보면 토끼의 꾀가 필요할 때가 있습니다. 혹여 그런 날이 오면 토끼처럼 자신을 살리는 사람이 되어 그대에게 주어진 천명을 다하는 사람이 되길 바랍니다. 🌺

얽매임과 벗어남은 오직 자기 마음에 달려 있는 것이니
마음에 깨달음이 있으면 푸줏간과 주막도 극락정토요,
그렇지 못하면 비록 거문고와 학을 벗 삼고 꽃과 풀을 가꾸어
그 즐거움이 맑을지라도 끝내 악마의 방해가 있을 것이다.
- 채근담

환경에 적응하는 것도 삶이지만
환경을 극복하는 것도 삶입니다.

환경에 너무 잘 적응하면

집에서 닭을 키우는 사내가 우연히 산에 갔다가 매의 알을 하나 발견했습니다. 문득 그는 그것을 부화시켜보고 싶은 생각이 들어 집으로 가져와 자신이 키우는 닭의 둥지에 넣었습니다. 닭은 자신의 알과 함께 매의 알을 품게 되었습니다.

며칠이 지나자 병아리들이 부화되었습니다. 매의 알에서도 새끼가 비집고 나왔습니다. 매는 병아리들과 어울려 커가기 시작했습니다. 모이도 먹고 하루 종일 병아리들과 어울려 놀다가 저녁이면 함께 잠들었습니다. 얼마쯤 시간이 더 지나자 병아리들은 제법 어미 닭의 모습을 닮아 갔습니다. 아침이면 우렁차게 울어대고 날개를 펴 날아보려고 푸드덕거렸습니다. 그런데 신기한 것은 매도 이 모습을 흉내 내려고 안간힘을 쓴다는 것이었습니다. 똑같이 울려고 애쓰는가 하면, 큰 날개를 펴서 하늘로 날아오를 생각은 하지 않고 그저 푸드덕거리는 흉내만 냈습니다.

세월이 지나 이제 닭도, 매도 늙어버렸습니다. 닭장 안에서 졸고 있던 매가 문득 깨어나 하늘을 보니 큰 날개를 펼치고 멋지게 비행하고 있는 매 한 마리가 눈에 들어왔습니다. 매는 잠이 확 달아났습니다. 그토록 멋지게 날고 있는 새는 일찍이 본 적이 없기 때문이었습니다.

"참, 멋지구나! 너는 저렇게 멋지게 나는 새를 본 적이 있니?"

옆에서 졸고 있던 닭에게 매가 물었습니다. 닭은 단잠을 깨운 매에게 앙칼지게 대꾸했습니다.

"이런 멍청이 같으니! 저건 매라고 하는 새잖아. 거의 매일 저 위에서 날고 있었는데, 뭘 새삼스레 놀라는 거야!"

그러면서 닭의 부리를 세워 매를 쪼려는 시늉을 했습니다. 그러자 매는 지레 겁을 먹고 꽁지를 보이며 물러섰습니다.

***

환경은 사람이 살아가는 데 큰 작용을 합니다. 환경에 적응하는 것도 삶이지만 환경을 극복하는 것도 삶입니다. 우리 모두 닭 무리 속에 매 일 수 있습니다. 처음부터 닭이라고 생각하며 살아왔기 때문에 매인 줄도 모를 수 있습니다. 인간은 환경에 적응하는 동물이라고 하지만, 위의 글에 나오는 매처럼 환경에 너무 잘 적응하는 것은 오히려 장점이 아니라 단점일 수 있습니다. 하늘을 날 수 있는 능력을 저버리고 땅을 기어 다니는 것은 환경에 너무 잘 적응해 탈이 난 것입니다.

환경을 극복하려 하기보다 환경에 적응하기 위해 애쓰고 있는 매 같은 사람이 아닌지 스스로를 돌아봐야 합니다. 환경에 적응하는 것이 능사는 아닙니다. 그동안 환경에 적응해 살아왔다면 지금부터는 환경을 극복하기 위해서 살아보세요. 그대가 만약 매라면 닭으로 살다가 인생을 끝내는 것이 너무 억울하지 않나요. ❀

오늘 가장 좋게 웃는 자는 역시 최후에도 웃을 것이다.

— 니체

용기, 그대 속에도 있습니다.
그 용기를 썩히지 말고 그대 삶에 활용하는 사람이 되세요.

용기만 있으면

반근착절(盤根錯節)은 보통 '곤란한 일'을 뜻하는 말입니다. '반근착절에 부딪쳐보지 않고 어떻게 이기(利器)를 구별하랴'라는 말이 있습니다.

후한(後漢)의 안제(安帝) 때 아주 높은 직위에 있던 우후는 일찍이 대장군 등실의 미움을 샀기 때문에 안휘성의 작은 고을 현감으로 밀려났습니다. 그냥 밀려난 게 아니라 그곳에서 준동하고 있는 도적 떼를 평정하라는 특명과 함께였습니다. 이 소식을 전해들은 우후의 친구와 친척들은 그의 불운과 관직을 동정하며 위로했습니다. 그러나 정작 본인은 태연했을 뿐만 아니라 오히려 그런 일을 기다리고 있었던 사람처럼 말했습니다.

"모르는 말씀 마십시오. 형편없이 비틀려 구불구불한 뿌리와

헝클어진 마디에 부딪쳐보지 않고는 날카로운 칼도 그 진가를 알지 못하는 법입니다."

***

사람은 누구나 약한 구석을 가지고 있습니다. 그러나 약한 구석을 이겨내는 힘도 가지고 있습니다. 그것은 용기입니다. 무슨 일을 접했을 때 지레 겁을 먹고 도망치느냐, 아니면 용기를 갖고 당당하게 맞서느냐에 따라 삶은 천양지차로 바뀝니다.

이것은 멀리 있는 이야기가 아니라 우리 주변에서도 쉽게 볼 수 있는 일입니다. 함께 어울려 지내는 친구 간에도 '곤란한 일'이 생기면 지레 겁부터 먹고 도망가는 사람이 있는가 하면, 당당하게 맞서 일을 해결하는 사람이 있습니다. 용기만 있으면 세상이란 전쟁터에서 노획물로 성취감을 얻을 수 있습니다. 자신의 삶에 긍지를 가질 수 있는 기쁨을 맛볼 수 있습니다. 용기, 그대 속에도 있습니다. 그 용기를 썩히지 말고 그대 삶에 활용하세요. 🍀

무슨 일이든 처음에는 곤란한 경우가 있다. 그 최초의 고비를
두려워하지 말라. 첫 고비를 넘기면 생각보다 일은 수월하게 넘어간다.
사람들은 첫 고비를 두려워하기 때문에 능히 해낼 수 있는 일을
어렵다는 핑계로 하지 않는다.

― 채근담

자기가 하고 싶은 일을 정해 놓고 최선을 다하는 사람의 모습은
그 자체로 구도자의 모습입니다.

할 수 있는 데까지의 노력

프랑스에서 널리 알려진 배우 위뉘가 '국왕'이라는 연극에서 국왕 역을 맡았을 때의 일입니다. 국왕이 사랑하는 여인과 식사를 함께 하면서 불타는 사랑을 호소하는 장면이었습니다. 열띤 연기를 펼치던 중, 무대에 잘못 박힌 못에 바지가 걸려버렸습니다. 순간, '짝' 찢어지는 소리와 함께 승마 바지의 넓적다리 부분이 손바닥만 한 크기로 찢어졌습니다.

그러나 그는 눈썹 하나 까딱하지 않았습니다. 그는 침착하게 연기를 계속하면서 테이블 위에 있던 냅킨을 집어 넓적다리를 동여맸습니다. 이윽고 막이 내릴 때가 되어서야 그는 환호하는 관객들을 향해 인사하면서 말했습니다.

"실례합니다. 그러나 할 수 있는 데까지의 노력은 다했습니다."

연기 중에 바지가 찢어진 것을 안 관객들은 극장이 무너질 정도

의 박수로 최선을 다한 배우에게 보답했습니다.

***

　　최선을 다하는 모습은 사람들에게 감동을 줍니다. 자기가 이루고 싶은 목적을 정해놓고 최선을 다하는 모습은 구도자의 모습입니다. 산 속으로 들어가고, 성지를 찾아 나서야 도를 구하는 것은 아닙니다. 최선을 다하는 삶의 모습에서 우리는 얼마든지 구도자의 모습을 볼 수 있습니다. 그리고 최선을 다한 구도자가 사람들에게 전하는 메시지는 감동입니다. 장애인이 불편한 몸을 이끌고 한라산에 올랐을 때, 감동으로 눈시울이 붉어지지 않는 사람은 없을 것입니다. 어려움을 극복하고 자기가 원하는 곳에 다다른 사람들의 이야기는 언제 들어도 감동, 그 자체입니다. 최선을 다하는 것은 순위와 상관없이 사람들에게 감동을 줍니다. 우리가 살면서 순위와 상관없는 등수로 처져 있어도 마지막까지 최선을 다해야 하는 이유가 여기에 있습니다. 그래야 최선을 다했다는 자신에 대한 위로와 사람들에게 감동을 줄 수 있기 때문입니다. 순위에서도 밀리고 최선을 다했다는 생각마저 갖지 못한다면, 그건 진짜로 진 것입니다. 자

신이 할 수 있는 데까지의 노력을 모두 기울인 사람은 그 자체로 아름답습니다. 🍀

의무는 어떠한 것이든 완수하고 나면 행복을 느끼고,
유혹은 어떠한 것이든 물리칠 방법이 있게 마련이다.
― 세네카

자기 인생에서 성공한 사람은 자기에게 주어진 시간이
자신의 잘못을 지적하는 데만 쓰기에도 부족하다는 것을
잘 알고 있었던 사람입니다.

운명을 바꾼
두 사람의 짧은 이야기

　미국의 루스벨트 대통령은 소아마비로 한 때 다리가 부자연스러웠습니다. 그러나 루스벨트는 운명을 그대로 받아들이지 않았습니다. 그는 보조도구도 없이 혼자 걷는 연습을 끊임없이 했습니다.

　'투병에서 가장 중요한 것은 환자 자신이 병을 반드시 고칠 수 있다고 믿는 일이야.'

　그는 늘 이렇게 생각하며 스스로 다짐하고, 연습을 게을리 하지 않았습니다. 그 결과 그는 손에 들고 있던 지팡이를 무용지물로 만들었습니다. 아처럼 긍정적인 사고가 그를 미국 대통령으로, 그것도 존경받는 대통령으로 만든 것입니다.

도요토미 히데요시도 마찬가지였습니다. 그가 이름을 떨치기 전 방랑을 하던 때 점쟁이에게 손금을 본적이 있었습니다. 그런데 점쟁이가 이렇게 말하는 것이었습니다.

"좋지 않군. 출세를 못할 팔자로구먼."

이 말을 들은 그는 동요하는 대신 점쟁이에게 좋은 손금이 어떤 것이냐고 물어본 다음, 정쟁이가 알려준 대로 손바닥에 칼로 선을 그었습니다. 그리고 큰 소리로 외쳤습니다.

"이러면 되겠군. 나는 이제 출세할 거야."

* * *

긍정적인 생각이 운명을 바꿉니다. 긍정적인 생각을 지닌 사람은 자신의 인생에 대해 스스로 꾸지람을 합니다. '넌 이게 잘못됐어. 이걸 고치지 못하면 넌 패배자로 남을 수밖에 없어'라고. 긍정적인 사람은 자신의 단점을 인정하는 것으로 시간을 보냅니다. 그리고 그것을 고치기 위해 부단히 노력을 합니다. 자기 인생에서 성공한 사람은 자기에게 주어진 시간이 자신의 잘못을 지적하는 데만 쓰기에도 부족하다는 것을 잘 알고 있었던 사람들입니다. 부정적인 생각을 지닌 사람에게, 그리하여 자신의 단점을 인정하지 않는 사람에게 성공은 찾아오지 않습니다. 성공은 저절로 찾아오는 것이 아니라 부단한 노력으로 찾아가야 하는 것입니다. 오늘 자신을 위해 흘린 땀방울이 언젠가 그대에게 행복을 줄 것입니다. 🍀

지금 네가 시간을 잃으면 그만큼 너의 인격과 이익을 잃게 될 것이고, 반대로 시간을 유용하게 사용하면 너에게는 그만큼 많은 시간이 생겨나고, 또 그만큼 이익이 생겨난다. 우리의 인생에 주어진 얼마나 되는 시간을 게으름으로 형편없이 낭비해 버리는 사람들이 있다는 것은 얼마나 놀라운 일이야. 시간의 진정한 가치를 잃어서는 안 된다. 움켜쥐어라. 잡아라. 그리고 매 순간을 즐겨라.

– 체스터필드

칭찬이 주는 힘

피아니스트가 꿈인 폴란드 청년이 있었습니다. 그런데 이 청년의 손가락은 너무 짧고 굵어서 피아노를 치기 힘들다며 다른 길을 알아보라고 했습니다. 그래서 악기를 바꿔봤지만 그 역시 신통치 않았습니다. 선생님들한테 지적만 받던 그는 다시 피아노를 배우기로 했습니다. 그리고 얼마 후 안톤 루빈스타인을 만날 기회가 있었습니다. 그런데 루빈스타인은 다른 선생님들과 달리 그 청년을 흠뻑 칭찬해 주었습니다.

그때부터 이상한 일이 벌어지기 시작했습니다. 루빈스타인의 칭찬을 들은 날부터 청년의 피아노 솜씨는 눈부시게 발전하기 시작했고, 결국 그가 원하던 피아니스트가 되었습니다. 이 청년이 바로 피아노곡 '소녀의 기도'로 널리 알려진 파데레프스키입니다. 그는 유명한 피아니스트가 된 뒤에 모금연주회를 하며 폴란드 독립운동에 앞장섰고, 그 공로로 수상과 대통령을 역임하기도 했습니다.

＊＊＊

칭찬은 영양분 가득한 비료와 같습니다. '잘한다, 잘한다'하면 더 잘하는 게 사람입니다. 아주 작은 일이라도 선생님이 칭찬해주시면, 다른 일도 더 잘하기 위해 노력했던 어린 시절의 기억을 누구나 갖고 있습니다. 이와 반대로 '넌 뭐 하나 제대로 하는 게 없느냐'며 꾸중만 들으면 잘 할 수 있는 일마저 의기소침해져 해내지 못했던 기억도 갖고 있을 것입니다. 만일 파데레프스키가 루빈스타인을 만나지 못하고 그의 칭찬을 듣지 못했다면, 파데레프스키는 아마 실의에 빠진 예술지망생으로 끝났을지도 모릅니다. 칭찬이 그를 세계적인 피아니스트로 만들었다고 해도 과언이 아닙니다.

칭찬은 한 사람의 마음속에다 용기, 즉 자신감을 불어넣습니다. 그 효과는 엄청난 위력으로 나타날 때가 많습니다. 우리는 친구를 칭찬해주는 친구가 되고, 이웃을 칭찬해주는 사람이 됩시다. 칭찬은 칭찬받는 사람에게 힘을 선물해 주는 것입니다. 세상을 향해 당당하게 걸어갈 수 있는 도전정신을 주는 것입니다. 함께 세상을 살

아가는 사람은 칭찬을 주고받는 사이로, 그리하여 서로에게 힘을
주는 사이로 언제까지나 살아가길 바랍니다. 🍀

영혼이 뿌린 씨는 어떤 것이든 멸망하지 않는다.
- 시몬즈

그동안 시간을 허비하며 살았다면
지금부터라도 시간을 두 배로 늘리며 사는 것은 어떨까요?

하루를 사는 법

'일하지 않으려거든 먹지도 말라.'

이것은 백장선사가 그의 제자들에게 입버릇처럼 강조해온 말입니다. 그래서 지금까지 신도들이 갖다 바치는 시주로만 먹고살던 스님들도 손수 흙을 일구고 밭을 갈며 살아가게 해주었습니다. 백장선사는 백발이 되어서도 괭이를 잡고 쉼 없이 일했습니다. 제자들은 백장선사의 노구가 걱정되어 말렸지만, 선사는 좀체 말을 들으려 하지 않았습니다. 이윽고 제자들은 노스님의 괭이를 감춰버렸습니다. 그러자 백장선사는 스스로 단식을 하기에 이르렀습니다. 깜짝 놀란 재자들이 노스님께 물었습니다.

"스님, 왜 공양을 거르시는지요?"

백장선사가 대답했습니다.

"하루 동안 일을 하지 않았으니 먹지 않는 것도 당연한 일이
지."

하는 수 없이 제자들은 노스님에게 괭이를 돌려줄 수밖에 없었
습니다.

**

이 글귀를 접하면 늘 고개가 숙여집니다. 하루를 나태하고 게
으르게 보낸 적은 많지만, 굶은 적은 없기 때문입니다. 삶의 시간
은 참으로 짧습니다. 시간이 참 안 간다는 유년기와 소년기의 느낌
은 이제 다시 느낄 수 없는 것이 되어 버렸습니다. 새해를 맞았다하
면 어느새 재야의 종소리를 듣는 게 요즘 세월의 흐름입니다. 이런
시간을 젊어서 왜 그리 허비하며 살았는지, 생각할수록 후회가 앞
섭니다. 그러나 아직 남아 있는 시간은 많습니다. 그동안 시간을 허
비하며 살아왔다면 지금부터라도 시간을 두 배로 늘리며 살아야겠
습니다. 세상에는 투자할 것이 많지만 이제부터는 시간에 투자하는
삶을 살아야겠습니다. 열심히 사는 삶에 복이 옵니다. 🍀

내일로 연기하지 말라. 내일에 결코 완성되지 않기 때문이다.

– 크리소스톰

우리를 절망하게 하는 것은 우리에게 있는 약점이 아니라
그 약점을 지나치게 의식하고 사는 우리의 생각일지 모릅니다.

약점은 극복하라고 있는 것

세계적인 지휘자 토스카니니는 근시안 때문에 악보를 볼 수 없는 약점을 갖고 있었습니다. 이 약점을 극복하기 위해 그는 남들이 하지 않아도 되는 수고를 아끼지 않았습니다. 그는 관현악단의 첼로 연주자로 일하고 있었는데, 자신의 약점을 극복하기 위하여 악보를 완전히 암기한 다음 연주에 임하곤 했습니다.

그러던 어느 날, 연주회 직전에 그가 속해 있던 관현악단의 지휘자가 갑자기 병원에 실려 가는 사태가 벌어졌습니다. 달리 지휘자를 구할 수 없게 되자 오케스트라 단원들 중 곡을 전부 외우고 있는 열아홉 살의 토스카니니가 지휘봉을 잡는 행운을 얻게 되었습니다. 이것이 바로 위대한 지휘자 토스카니니가 탄생하게 된 계기였습니다. 만일 그가 근시안이라는 약점을 극복하지 못한 채 자기 처

지를 원망만 하면서 보냈다면 그는 관현악단의 첼로 연주자가 되지 못했을 것입니다. 그러나 그는 악보만 암기하면 자기 약점을 충분히 극복할 수 있다는 신념을 가지고 노력한 결과, 명지휘자가 될 수 있는 행운까지 얻게 되었습니다. 오늘날 그를 위대하게 만든 것은 바로 그의 신념이었습니다.

***

우리는 지금 어떤 약점을 지니고 있습니까? 남들보다 키가 작고 남들보다 지식이 모자라고 남들보다 가난한 환경에 있습니까? 혹은 신체적으로 불완전한 모습입니까? 그리고 이것들이 우리의 인생에서 걸림돌이 된다고 생각하십니까? 어쩌면 그럴지도 모릅니다. 약점은 삶을 힘들게하는 구성요소가 분명하니까요. 그런데 그러한 약점을 이겨내고 삶을 즐겁게 살아가는 사람이 우리주변에도 많습니다. 그리고 역사적으로 위대한 사람들도 대부분 자신의 약점을 이겨냈습니다. 이런 사람들에겐 공통점이 있습니다.

긍정적이고 낙관적인 시각으로 세상을 본다는 것이고, 자신에 대한 믿음을 갖고 최선을 다해 노력하며 산다는 것입니다. 키에르

케고르는 절망을 '죽음에 이르는 병'이라고 했습니다. 절망은 삶의 모든 것을 잃게 하는 것이라고 보았기 때문입니다. 아마 우리를 실패하게 하고 절망하게 하는 것은 우리에게는 약점이 아니라 그 약점을 지나치게 의식하며 살고 있는 우리의 생각일지도 모릅니다. 우리에게 약점이 있는 것은 극복하라고 있는 것임을 항상 잊지 말고 살아가세요. ❁

운명을 탓하는 자는 약하고 약한 사람이다.
― 에머슨

무슨 일이든 정성과 노력과 의지가 집중되면
커다란 성취가 따르게 되어 있습니다.

지극한 정성이면

중국 진나라에 사광이란 사람이 있었습니다. 그는 총명한 선비로, 음악을 좋아했습니다. 그는 음악에 전념하지 못하는 자신을 늘 안타깝게 여기고 있었습니다. 그러던 중 다음과 같은 결론을 내렸습니다.

'기법이 정밀하지 못하고 마음이 하나로 통일되지 못하는 것은 생각이 여러 곳으로 흩어지고, 눈으로 너무 많은 것을 보기 때문이다.'

그리고는 마른 쑥에다 불을 붙여 자신의 두 눈을 태워버렸습니다. 그는 마음을 통일하고 음악에만 전심전력하기 위해 일부러 장님이 된 것입니다. 사광은 끝없는 전심전력 끝에 드디어 음악으로 능히 기후 음양의 이치까지 통달하게 되었습니다. 사광은 하늘의

변화와 인간의 일을 음악으로 알아맞혔습니다. 뿐만 아니라 새의 울음소리를 듣고도 길흉을 짐작할 수 있었습니다. 그래서 사광은 진나라의 장악관이 되었습니다. 그때 남쪽의 초나라가 정나라로 쳐들어왔습니다. 정나라는 진나라에 구원을 요청했고, 진나라의 진평공은 군사를 이끌고 축아라는 곳으로 갔습니다. 그곳에 이르러 여러 제후들과 술을 마시면서도 초군 때문에 진평공의 심사는 우울했습니다. 그때 사광이 진평공에게 물었습니다.

"황공하오나 신이 노래와 음악으로 앞일을 짐작해보겠습니다."

이어 사광은 악기를 들고 남풍*북풍의 노래를 연주했습니다. 그러자 북풍의 노래는 순탄하게 울려 퍼졌으나 남풍의 노래는 살기가 있어 잘 울리지 않았습니다. 사광이 말했습니다.

"주공께서는 과히 염려마소서. 남쪽 초군이 스스로 불리할 징조입니다. 사흘 안에 반가운 소식이 올 것입니다."

그런데 사흘이 채 지나기도 전에 초나라에 내란이 일어나 그것을 평정하기 위해 초군은 모두 돌아가고 말았습니다. 이를 보고 후세 사람들은 '음악이 지극하여 천지의 이치를 통달했다'고 했습니다.

　　　　　　　　　　＊＊＊

　　무슨 일이든 정성과 노력과 의지가 집중되면 커다란 성취가 따릅니다. '한 우물 파라'는 옛 말이 있습니다. '재주가 많은 사람이 밥 굶는다'라는 말도 있습니다. 살아생전 한 가지 일만을 성취하고 가기도 힘든데, 여러 가지에 손 대는 것은 바람직해 보이지 않습니다. 자기가 하고자 하는 일 하나를 위해 다른 것을 포기할 줄 아는 용기를 가질 때, 언젠가 그 한 가지 일은 영광의 월계관을 선사해올 것입니다. 사람이 가장 아름다워 보일 때는 한 가지 일에 몰두해 시간을 보낼 때입니다. 옆에 누가 왔는지도 모르게 일하는 모습은 보는 이에게 감동으로 다가옵니다. 사광처럼 하진 못해도 자기가 하고픈 일을 위해 하루하루 열심히 산다면 좋은 결과가 우리의 삶에 주렁주렁 열릴 것입니다. ✿

> 지성(至誠)이면 감천(感天)이다.
> 　　　　　　　　　　 – 우리나라 격언

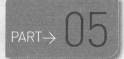

PART 05

제5장_그대의 사막에도
지혜꽃이 피기를…

사람은 마음이 즐거우면 하루 종일 걸어도

싫증나지 않지만

마음속에 근심이 있으면 십 리를 걸어도 싫증이 난다.

인생의 행로도 이와 마찬가지다.

늘 명랑하고 유쾌한 마음으로 그대의 인생을 걸어라.

– 셰익스피어

양보가 주는
행운을 잃어버린 운전사

미국에는 개인의 일반 승용차에도 무전기를 부착하고 일정한 주파수로 다른 차량의 무전기와 자유롭게 교신할 수 있는 C.B. RADIO가 있습니다. 그런데 이 방식의 무전기는 한쪽에서 사용하고 있으면 다른 쪽에서 그 회로를 통해 교신할 수 없기 때문에 한쪽이 양보해줘야 통화를 할 수 있는 단점이 있었습니다.

이 이야기는 콜로라도 주에서 있었던 일입니다.

C.B. RADIO 회로를 양보해 달라는 부탁을 받은 한 트럭 운적사가 회로를 양보할 생각을 하지 않고 계속해서 자기만 사용하고 있었습니다. 회로를 양보해 달라고 부탁한 쪽에서는 '급한 상황'임을 연신 알렸지만 트럭 운전사는 심술을 부렸습니다. 그 당시 부탁한

쪽에서는 교통사고로 급한 구조가 필요해서 이 회로를 통해 도움을 요청하려 했던 것입니다. 양보해 달라고 부탁한 사람은 큰 자동차를 따라 운전하던 여자가 앞차의 급정거에 교통사고를 내고, 신음하고 있는 모습을 보고 경찰과 구급차를 부르려 했던 것입니다. 주변에는 전화기가 없어 이 회로를 사용하려 했던 것인데, 심술 사나운 운전사가 양보를 해주지 않아 애태우고 있었습니다. 이때 회로를 양보해주지 않고 계속 통화하던 운전사도 사고현장을 지나가게 되었습니다. '무슨 사고인가' 궁금해 차를 세운 트럭 운전사는 그 현장을 본 순간 자기 눈을 의심해야 했습니다. 쓰러져 있는 여인이 바로 자신의 아내였던 것입니다. 더구나 자신이 양보하지 않은 그 회로로 구조요청을 했다는 사실을 알고는 땅을 치며 후회를 했습니다. 얼마 후 병원으로 옮겨진 그의 아내는 과다출혈로 결국 죽고 말았습니다. 담당의사는 이렇게 말했습니다.

"5분만 빨리 병원에 왔더라도 이 부인은 죽지 않았을 것입니다."

***

양보는 미덕이라는 말이 있습니다. 만약 트럭 운전사가 무전기 회로만 양보하는 미덕을 베풀었다면 아내를 잃는 불행은 겪지 않았을 것입니다. 양보는 남한테 하는 것이 아니라 자신한테 하는 것입니다. 세상에서 일어나는 싸움 가운데 양보를 하지 않아 일어나는 싸움은 참으로 많습니다. 그 싸움을 조금이라도 줄이는 데 자신이 한 몫 하는 것은 어떨까요. 🧩

세상에 처함은 한 발짝 사양함을 높다고 하나니 물러서는 것은
곧 나아갈 밑천이요, 사람을 대접함에는 일분의 너그러움을 복이라
하나니 남을 이롭게 하는 것은 실로 저를 이롭게 하는 방향이다.
– 채근담

삶이란 전쟁터에선 자기를 부각시키되
사교의 자리에선 재주를 감추세요.

남보다 잘난 재주는 감추는 것

오왕이 양자강에서 뱃놀이를 하다가 강변에 있는, 원숭이가 많이 사는 산에 올랐습니다. 대부분의 원숭이들은 느닷없는 왕의 행렬에 깊은 숲속으로 숨어버렸습니다. 그런데 한 마리만 도망가지 않고 오히려 보란 듯이 나뭇가지를 거머잡거나 타고 다니면서 갖가지 재주를 오왕에게 자랑했습니다.

왕은 그 원숭이를 향해 활시위를 당겼습니다. 그러나 원숭이는 민첩하게 화살을 손으로 잡았습니다. 왕은 다시 좌우의 신하들에게 활을 쏘라고 명령했습니다. 결국 원숭이는 소나기처럼 쏟아지는 화살을 피하려다 화살을 손에 쥔 채 나뒹굴었습니다. 왕은 곁에 서 있던 친구인 안불의를 돌아보며 말했습니다.

"이 원숭이는 자기 재주를 자랑하고 그 민첩함을 믿고 과인에게 방자하게 굴었다. 그래서 이렇게 된 것이다. 그대도 조심하라. 그대의 잘난 체하는 얼굴빛으로 남에게 교만해 보이는 일이 없도록 하라."

$$* * *$$

「장자」에 실려 있는 글입니다. 피알시대란 말이 있듯, 자신의 장점을 부각시키는 것이 흠이 되지 않는 시대에 우리는 살고 있습니다. 현대는 자기를 파는 시대이기 때문에 이런 현상이 일어나고 있지만, 그래도 자기를 감추고 낮추는 사람을 볼 때면 그렇게 보기 좋을 수가 없습니다. 아직도 인간관계는 겸양이 미덕입니다. 살아가기 위한 삶의 전쟁터에서는 어쩔 수 없이 자신의 잘난 점을 최대한 부각 시키더라도 사람을 사귀는 자리에선 잘난 점이 있더라도 자신 속에 꼭꼭 감추고 있기 바랍니다.

> 겸손과 친절보다 매력적인 것은 없다. 그러므로 스스로 자신을
> 광고하는 일을 삼가라. 진실을 말하는 유일한 방법은 친절의 형태를
> 취하는 것이다. 사랑이 담긴 이야기기만이 상대를 이해시킬 수 있다.
> — 소로

공자님은 곧은 마음으로 원한에 보답하고
은덕으로 은덕에 보답해야 한다고 했습니다.

베풀면 얻게 되는 것

어느 날 맹산군은 문하의 식객들에게 물었습니다.

"누가 나를 위해 설 땅에 가서 빚을 받아 오겠는가?"

그러자 맹산군의 식객으로 있는 풍원이 앞으로 나섰습니다. 맹산군과 식객들은 놀랐지만, 맹산군은 수레를 준비하고 행장을 꾸려 채권계약서를 들려 보냈습니다. 떠나기 전에 풍원이 맹산군에게 물었습니다.

"빚을 다 받으면 그것으로 무슨 물건을 사가지고 올까요?"

"당신이 보기에, 우리 집에 부족하다고 여기는 것이면 됩니다."

풍원은 설 땅에 도착하자마자 빚진 사람들을 불러놓고 맹산군의 명령이라면서 그들이 보는 앞에서 채권계약서를 모두 불태워 버렸습니다. 그러자 모두 만세를 부르며 맹산군을 칭송했습니다. 그리고 풍원은 맹산군의 집으로 돌아왔습니다. 풍원이 너무 일찍 돌아오자 맹산군이 의아해하며 물었습니다.

"그래, 빚은 다 받았소?"

"예, 다 받았습니다."

"그럼 뭘 사가지고 왔소?"

"제가 깊이 생각하건대, 상공의 집에는 부족한 것이 없었습니다. 그래서 곰곰이 생각해보니, 조금 모자란 것이라곤 의(義)뿐이라고 생각되어 그 의를 사가지고 왔습니다."

그렇게 말한 풍원은 자신이 설 땅에서 한 일을 말해주었습니다. 맹산군은 기분이 좋지 않았지만 차마 질책하지 못하고, 가서 쉬라고 했습니다. 그로부터 1년 후 맹산군은 왕에게 미움을 받아 사직을 권고 당했습니다. 할 수 없이 맹산군은 자신의 봉지인 설 땅으로 갈 수밖에 없었습니다. 그런데 어찌된 일인지, 아직 백 리밖에 다다르지 않았는데 설 땅 사람들이 모두 맹산군을 영접하러 길을 메우고 있었습니다. 그제야 맹산군은 눈시울이 뜨거워지면서 따라온 풍원을 보면서 말했습니다.

"당신이 나를 위해 사온 의(義)를 오늘에야 보게 되는구려."

어떤 사람이 공자(孔子)에게 물었습니다.

"은덕을 베풀어 원한에 보답하면 어떠합니까?"

이에 공자는 이렇게 대답했습니다.

"무엇으로 은덕에 보답하겠는가? 곧은 마음으로 원한에 보답하고, 은덕으로 은덕에 보답해야 한다."

공자의 이 말은 은덕과 원한을 똑같이 대할 수 없다는 얘깁니다. 은덕은 당연히 은덕으로 보답해야 하지만, 원한을 무조건 사랑으로 받아들일 수만은 없다는 뜻입니다. 합리적인 방법으로 받아들이라는 뜻입니다. '인(仁)'을 세상에 있는 최고의 도로 내세운 공자도 악에 대해서는 사랑이 다가 아님을 말하고 있습니다.

베푼 대로 받는 것입니다. 이왕 베풀 바에 사람들의 마음을 따뜻하게 해주는 것으로 베풀어 칭송을 받으세요. 그러면 베푼 만큼 그대 삶이 사람들의 칭송으로 풍요로워질 것입니다. ✚

> 자신에게 넘치는 재산을 가난한 자에게 나눠줬다고 자신이
> 관대한 사람이라고 생각하지 말라. 진정한 관용이란
> 그 사람에게 자신의 마음을 내주는 것을 의미하는 것이니.
> ─ 신성사상

다투지 마세요. 그대를 위한 이익은
그대의 그릇만큼 어디에도 남아 있으니까요.

함께 사는 법

세 마리의 이가 돼지의 피를 빨아먹다가 서로 다투고 있었습니다. 다른 한 마리의 이가 그곳을 지나다가 그 광경을 보고 물었습니다.

"무엇 때문에 다투고 있소?"

세 마리의 이가 대답했습니다.

"살찌고 맛있는 곳을 서로 차지하려고 다투고 있소."

그러자 다른 한 마리의 이가 안됐다는 듯이 말했습니다.

"그대들은 겨울제단에 이 돼지가 띠풀에 통째로 구워질 것은 걱정하지 않소? 그 외에 무엇을 걱정하여 다투고 있단 말이오?"

그제야 세 마리의 이는 다정하게 모여들어 돼지의 피를 빨아먹었습니다. 마침내 돼지가 여위어지자 사람들은 그 돼지를 잡지 않았습니다.

✳✳✳

    드라마에서도, 영화에서도, 소설에서도, 그리고 실제 삶에서도 우리는 자기의 이익을 위해 다투는 모습을 어렵지 않게 볼 수 있습니다. 그리고 거기엔 빠지지 않고 개입해 있는 것이 있습니다. 그것은 욕심입니다. 자기 몫만 챙기면 다툼이 일어나지 않는데, 자기가 좀 더 가져야 한다는 욕심이 분란을 일으킵니다. 친구와 동업하지 말라는 말이 있습니다. 이는 욕심을 경계하는 말입니다. 친구도 몰라보게 하는 욕심. 바로 이 욕심이 많은 인간관계를 깨트리고 있습니다. 자기를 위한 이익에도 조화가 필요합니다. 다투지 마세요. 그대를 위한 이익은 그대의 그릇만큼 어디에도 남아 있으니까요. ✤

> 의로움이 욕심을 이기면 창성하고,
> 욕심이 의로움을 이기면 망한다.
>
> — 강태공

남한테 쓸모 있는 사람이 되지 못했음을 슬퍼하지 말고
자신한테 쓸모 있는 사람이 되지 못했음을 슬퍼하세요.

자신에게 쓸모 있는
나무가 된 나무

남백자기가 상구에서 노닐다가 엄청나게 큰 나무를 발견했습니다. 보면 볼수록 예사 나무가 아니었습니다. 네 필의 말이 끄는 수레 천 대도 그 나무 그늘에 덮일 정도였습니다. 남백자기가 말했습니다.

"도대체 무슨 나무일까? 분명 좋은 목재가 될 수 있으리라."

그러나 그 나무의 잔가지들을 자세히 살펴보니 주먹처럼 굽어 있어 동자기둥이나 대들보로 도저히 쓸 수가 없었습니다. 그래서 이번엔 굵은 뿌리 쪽을 훑어보았더니 속이 텅 비어 있어 관으로도 쓸 수 없었습니다. 다시 그 나무의 잎을 핥아보았더니 금방 입안이 부르틀 뿐 아니라 크게 상했으며, 코를 가까이 대보았더니 그 냄새가 너무나 고약해 사흘이 지나도록 정신을 흐릿하게 했습니다. 남백자기는 크게 느껴지는 것이 있었습니다.

"이 나무는 역시 목재로 쓸 수 없는 나무였구나. 그러니까 이렇게까지 크게 자랄 수 있었을 것이다. 아, 신인(神人)들도 이 나무처럼 쓸모가 없었기 때문에 천명을 즐길 수 있는 것이었구나!"

＊＊

사람들은 남들이 자신을 쓸모 있는 사람으로 봐주지 않는 것에 화를 내기도 하고 슬퍼하기도 합니다. 그런데 왜 꼭 남에게 쓸모 있는 사람이 되려고 하는 것일까요? 자신에게 쓸모 있는 사람이 된다면 그것만큼 기쁜 일도 없을 텐데 말입니다. 남으로부터 쓸모없음은 오히려 자신에게 얼마나 유용하게 쓰일 수 있는 것인가요? 모든 나무는 나름대로 지니고 있는 기능 때문에 즉 남한테 쓸모 있는 기능을 가지고 있기 때문에 꺾이게 되거나 잘려나가게 됩니다. 그러나 이 나무는 아무 데도 소용될 수 없는, 즉 자신한테만 쓸모 있는 기능을 가지고 있었기 때문에 살아남을 수 있었습니다. 남한테 쓸모 있는 사람이 되지 못했다고 슬퍼하지 마세요. 자신한테 쓸모 있는 사람이 되지 못했음을 슬퍼하세요. 그대 자신에게 크게 유용할 수 있는 기능을 가지세요.

하루의 3분의 2를 스스로를 위해 쓰지 못하는 자는
노예에 지나지 않는다.

― 니체

잘못을 인정하는 마음속엔
다시는 잘못을 저지르지 않겠다는
미안한 마음과 의지가 담겨 있습니다.

잘못을 인정할 줄 아는 용기

너그럽고 공정한 정책을 펴서 백성들의 신임을 두텁게 얻고 있는 왕이 있었습니다. 어느 날 왕이 죄수들이 갇혀 있는 감옥을 방문했습니다. 죄수들은 왕이 너그럽다는 것을 알고 있었기 때문에, 이번 기회에 말을 잘해서 석방해달라고 매달려볼 참이었습니다. 아닌 게 아니라 왕이 감옥으로 들어서자마자 죄수들은 아우성이었습니다. 왕이 한 죄수에게 물었습니다.

"너는 무슨 죄를 짓고 감옥에 오게 되었느냐?"

그러자 죄수는 기다렸다는 듯이 대답했습니다.

"저는 아무 죄도 없습니다. 믿어주십시오."

왕은 대꾸도 없이 다음 죄수에게 물었습니다.

"너는 무슨 죄를 지었느냐?"

"저는 정말 억울합니다. 못된 놈에게 누명을 쓰고 이 고생을 하고 있습니다. 석방시켜주십시오."

왕은 수십 명의 죄수들에게 죄목을 물었으나 도두들 무죄를 호소하며 석방해달라고 애걸했습니다. 그러다가 왕이 맨 마지막 방에 이르렀습니다. 그 방에는 아우성치는 다른 죄수들과 달리 늙은 죄수가 고개를 숙인 채 앉아 있었습니다. 왕이 다가가 물었습니다.

"너는 무슨 죄를 지었느냐?"

왕의 물음에 늙은 죄수는 다소곳 일어나 고개를 숙인 채 말했습니다.

"저는 사람을 크게 다치게 한 죄로 이 곳에 오게 되었습니다. 큰 죄를 지었기 때문에 마땅히 벌을 받고 있는 중입니다."

늙은 죄수의 말을 듣자 왕이 간수를 불러 명령했습니다.

"이 죄인을 당장 감옥에서 내보내도록 하라. 이 감옥에는 모두 죄 없는 자들만 있는데, 유독 이 자만 죄를 지었다고 하니 큰일이 아닌가? 죄 없는 자들이 이 죄인을 통해 악행을 배울까봐 걱정되는구나."

왕의 명령에 따라 늙은 죄수만 석방되었습니다.

✳✳✳

　잘못을 인정하는 것도 용기입니다. 그 용기는 아름답습니다. 왜냐하면 잘못을 인정하는 마음속엔 다시는 잘못을 저지르지 않겠다는 미안한 마음과 의지가 담겨 있기 때문입니다. 사람은 누구나 알게 모르게 잘못을 저지릅니다. 또 어쩔 수 없이 저지르는 잘못도 있습니다.

　잘못의 반대개념은 용서입니다. 잘못한 사람에게 면죄부를 주는 것이 용서입니다. 사람들은 누구나 잘못을 저지르지만 남의 잘못을 관대하게 처리해주고 싶은 마음, 즉 용서의 마음도 가지고 있습니다. 잘못을 했다면 변명으로 넘어가려하지 말고 잘못을 인정하는 사람이 되세요. 왜냐하면 변명하는 잘못엔 용서가 따를 수 없기 때문입니다. 용서 받지 못한 잘못은 자기 자신을 힘들게 합니다. 늙은 죄수가 석방이라는 용서를 받을 수 있었던 것은 자기 잘못을 인정하는 용기를 갖고 있었기 때문입니다. 잘못을 저지르지 않을 수 없는 것이 사람이기에 잘못을 인정하는 자세가 필요합니다. 🧩

자기 죄를 뉘우치는 사람은 무죄와 다를 바 없다.

— 세네카

첫인상이 좋았다가 끝이 좋지 않은 것보다
첫인상이 좋지 않았다가 끝이 좋은 것이 더 낫습니다.

유종의 미가 준 선물

옛날에 큰 부자가 있었는데, 그에게는 매우 성실한 두 하인이 있었습니다. 그들은 어렸을 때부터 줄곧 부자의 집에서 자랐기 때문에 부자는 그들을 각별히 대했습니다. 그러던 어느 날 부자는 두 하인을 불러 말했습니다.

"내 그동안 너희가 고생한 것을 생각해 내일 날짜로 너희를 자유롭게 해주려 한다. 그동안 열심히 일한 대가도 충분히 주겠다. 그런데 미안하지만 오늘밤까지는 일을 해줘야겠구나."

이 말을 듣고 두 하인은 매우 기뻐하며 말했습니다.

"물론 하고말고요. 무슨 일이든 시켜만 주십시오."

"오늘 저녁 내가 짚을 다섯 단씩 줄 테니 새끼를 꼬아다오. 내일 새로 오는 하인들이 나무를 해 오면 그 나무를 묶는데 새끼줄이 필요할 테니까."

그날 저녁, 두 하인의 방에 똑같이 볏짚 다섯 단이 들어왔습니다. 그런데 한 명은 '내일이면 하인 노릇도 끝인데, 잘할 필요가 있을까?'하고 생각하며 새끼를 꼬았습니다. 그리고 다른 하인은 주인은 은혜를 생각하며 밤을 새워 새끼를 꼬았습니다. 다음날 아침이 되어 두 하인은 주인 앞에 각각 자신이 꼰 새끼를 내놓았습니다. 하나는 단단하고 매우 길었지만, 다른 하나는 금방이라도 풀어질 것처럼 엉성하고 매우 짧았습니다. 이것을 본 부자는 빙긋이 웃으며 말했습니다.

"자 그동안 열심히 일한 대가를 주겠다. 너희가 지금 갖고 있는 새끼줄만큼 엽전을 엮어가도록 해라."

용두사미란 말이 있습니다. 시작은 그럴싸하게 했지만 끝은 흐지부지 한 것을 가리키는 말입니다. 채근담에 이런 말이 있습니다.

'열 마디 말 가운데 아홉 마디가 맞아도 반드시 신기하다며 칭찬하지 않지만, 한마디라도 맞지 않으면 비난의 목소리가 사방에서 들끓는다. 열 가지 일 가운데 아홉 가지를 이루어도 공을 인정하지 않지만, 한 가지 실패만 해도 비난의 목소리가 사방에서 빗발친다.'

＊＊＊

우리가 어떤 일을 할 때 모든 것을 다 잘했어도 끝이 좋지 않으면 모든 것이 수포로 돌아갑니다. 그만큼 끝내기가 중요합니다. 채근담의 말처럼 아홉 마디 말이 옳아도 한마디 말이 그르면 비난받는 것이 세상입니다. 아홉 가지 일을 이루어도 한 가지 일을 실패하면 비방하는 게 세상입니다. 이런 비난이나 비방이 무서워서가 아니라, 우리가 하는 일이 끝까지 좋은 이미지로 남으려면 끝을 완벽하게 처리해야 합니다. '유시의 미'란 말은 없어도 '유종의 미'란 말이 있는 것은, 끝이 좋아야 진짜 좋다는 것을 말해주는 것입니다.

부자가 그냥 엽전을 줄 수도 있었지만, 이런 방식으로 엽전을 준 것은 끝까지 최선을 다해 보여주는 성실한 모습이 얼마나 아름다운지를 알고 있었기 때문입니다. 첫인상이 좋았다가 끝이 좋지 않은 것보다 첫인상이 좋지 않았어도 끝이 좋은 것이 인간관계에서는 훨씬 낫습니다. 🧩

> 한 발 물러서서 당신 자신이 지나가는 것을 바라보라.
> 그리고 당신 자신을 그 사람으로 생각하라.
> － 길릴런

자기 길을 가는 사람과
남의 길을 가는 사람

어느 산중의 암자에 기거하는 두 스님이 아침 일찍 마을로 내려와 볼일을 본 뒤 저녁 무렵이 되어 돌아가던 중에 다리가 없는 냇가에 이르게 되었습니다.

"이런 아까 낮에 내린 비로 물이 불었군."

아침에 암자를 나설 때는 비가 내리지 않았는데, 낮에 장대 같은 소나기가 한두 시간 정도 퍼붓는 바람에 징검다리가 물에 잠겨버린 것이었습니다. 그런데 가만히 보니 저만치서 웬 처녀가 발을 동동 구르고 있었습니다. 한 스님이 다가가 그 까닭을 물어보았습니다.

"왜 그러시오?"

"내를 건너야 하는데, 물살이 너무 세서 못 건너고 있습니다."

상황을 파악한 스님은 처녀에게 등을 보이며 업히라는 시늉을 했습니다. 처녀는 잠시 머뭇거리다가 스님의 등에 업혀 내를 건넜습니다. 그 사이 다른 스님도 혼자 내를 건너 다시 두 스님이 길을 걷기 시작했습니다. 잠시 걷다가 나중에 내를 건너온 스님이 갑자기 화를 내며 큰 소리로 말했습니다.

"일념으로 도에만 정진해야할 사람이 처녀의 몸에 손을 대다니, 도대체 정신이 있는 건가?"

처녀를 업어준 스님은 아무 대꾸도 하지 않고 묵묵히 길을 걸어 갔습니다. 그러자 그는 더욱 화를 내며 비난했습니다. 그래도 처녀를 업어준 스님은 아무 대꾸도 하지 않았습니다. 한 시간쯤 지나 두 스님은 암자 입구로 들어서게 되었습니다. 그때까지도 그는 처녀를 업어준 스님을 심하게 비난하고 있었습니다. 그러다가 암자 앞에 거의 다다랐을 때 처녀를 업어준 스님이 입을 열었습니다.

"자넨 힘들지도 않나? 나는 그 처녀를 이미 한 시간 전에 잠시 업었다가 내려놓았는데, 자네는 아직까지 업고 있으니 말일세. 이제 그만 처녀를 내려놓게. 암자 안까지 업고 들어갈 셈인가?"

＊＊＊

　지금 그대는 자신의 길을 가고 있습니까, 남의 길을 가고 있습니까? 가만히 보면 세상엔 자신의 길을 열심히 가는 사람도 많지만, 남의 길을 가고 있는 사람도 많아 보입니다. 지금은 자신의 길만을 가기에도 부족하다며, 시간을 이리 쪼개고 저리 쪼개는 사람들이 많은 시대입니다. 그런데 한 가지는 남의 길을 가는 사람이 되어도 좋은 길이 있습니다. 그 길은 칭찬을 하며 가는 길, 즉 남에게 도움을 주며 가는 길입니다. 이런 길이 아니라면 남의 길은 가지 마세요. 남을 비난하거나 모함하며 가는 길이라면 더더욱 가지마세요. 당사자는 이미 훌훌 털고 자신의 길을 간지 오래인데, 자신의 길도 아닌 남의 길을 가며 허송세월을 보내고 있는 사람의 길은 가지 마세요. 한 번뿐인 목숨, 자신의 길에다 쓰고 갈 줄 아는 현명한 사람이 되세요. 남의 길은 자신이 가주지 않아도 당사자가 알아서 잘 가니까요. 정녕 자신의 길을 가는 사람이 되세요. ✢

> 햇수로 치면 나는 50년을 살아온 셈이지만, 나 자신을 위해서가 아니라 남을 위해서 산 시간을 빼면 아직도 나이 어린 젊은이라고 할 수 있다.
> ― 찰스 램

말도 쓸데없는 말이 싸움을 나게 하고
행동도 쓸데없는 행동이 의심을 받게 하고
마음도 쓸데없는 마음이 분란을 일으킵니다.

지나치면 잃는 것

전국시대 초나라 때 어떤 사람이 제사를 지내고 나서 한 잔의 술을 하인들에게 내주었습니다. 술은 한 잔 밖에 없고 사람은 여럿이라, 하인들은 땅바닥에다 뱀을 가장 먼저 그린 사람이 술을 먹기로 했습니다. 그리고 잠시 후 그림을 가장 먼저 그린 사람이 나왔습니다.

"난 발까지도 그릴 수 있어."

그렇게 자랑하며 그는 이미 그려 놓은 뱀에다 발을 그리기 시작했습니다. 그때 다른 하인이 뱀을 다 그리고 나서 술잔을 빼앗아 들며 말했습니다.

"뱀에게는 원래 발이 없어!"

그러고는 단숨에 술을 마셔버렸습니다.

***

쓸데없는 짓을 할 필요는 없습니다. 말도 쓸데없는 말이 싸움을 나게 하고, 행동도 쓸데없는 행동이 의심을 받게 하고, 마음도 쓸데없는 마음이 분란을 일으킵니다. 쓸데없는 짓일랑 하지 마세요. 쓸데없는 짓을 하는 것이 곧 그대 자신을 망쳐버리는 일입니다. 살아가면서 사족까지 그릴 시간은 주어져 있지 않습니다. 삶에는 사족을 그릴 시간이 없는데 사족을 그리기 때문에 잃는 게 생겨납니다. 될 수 있으면 사족을 그리는 우(愚)에서 벗어나세요. ✤

> 무엇엔가 사로잡힌 시간, 누군가에게 빼앗긴 시간,
> 그리고 눈 깜짝할 사이에 지나가버린 시간들이 있다.
>
> — 세네카

정성이 담긴 음식을 맛있게 먹어주는 것이
참된 손님의 자세입니다.

정성을 볼 수 있어야

한때 공자가 자공과 자로를 데리고 다니다가 길을 잃어 어느 산
간 오두막에서 쉬게 되었습니다. 그 오두막의 늙은 주인은 콧물을
들이마시며 흙 냄비에 좁쌀죽을 끓인 다음 이 빠진 그릇에 담아 그
들을 대접했습니다. 주인의 더러운 손과 이 빠진 그릇을 본 제자들
은 감히 먹을 엄두를 내지 못하고 있었습니다. 그런데 식성이 까다
롭기로 소문난 공자는 그 음식을 맛있게 받아먹었습니다. 그러면서
공자가 말했습니다.

"너희가 이 빠진 그릇이나 콧물만을 보고, 그 노인의 성의와 친
절을 받아들이지 못하니 참으로 슬프구나. 대접은 할 줄도 알아야
하지만 받을 줄도 알아야 한다."

✳✳✳

'소인을 대접하기엔 엄하기가 어려운 것이 아니라 미워하지 않기가
어렵다. 군자를 대접하기엔 공손하기가 어려운 것이 아니라 예의를
지키기가 어렵다.'

채근담에 나오는 이야기입니다.

세상을 사는 사람들의 살림살이는 모두 제각각입니다. 그러므
로 천편일률적인 대접을 기대해서는 안 됩니다. 자기 분수에 맞게
차려준 대접이면 족합니다. 우리가 봐야할 것은 정성입니다. 그리고
대접할 것이 부족해 미안해하는 주인의 마음을 읽어 고마운 마음
을 갖는 것입니다. 가난한 집에 가서 임금님 수라상을 기대하는 것
은 참된 손님의 자세가 아닙니다. 정성이 담긴 음식을 맛있게 먹어
주는 것이 참된 손님의 자세입니다. 이런 것 하나만 봐도 공자가 왜
위대한 인물인지 알게 됩니다. ❖

> 공손한 사람은 남을 모욕하지 않고,
> 검소한 사람은 남에게서 빼앗지 않느니라.
> － 공자

책을 친구로 둔 사람 이야기 1

'독서란 회초리를 들거나 호통을 치는 일 없이, 또 돈을 내야할 필요도 없이 가르침을 주는 스승이다. 아무 때나 만나러 가도 잠자는 일 없고, 언제라도 궁금한 것을 물어볼 수 있다. 책은 어떠한 것도 감추지 않고 말해주며, 설령 책이 설명해주는 것을 오해하는 일이 있어도 불평하지 않고, 또 무식해도 비웃는 일이 없다.'

리차드 드 베리의 「책을 향한 사랑」이란 글에 나오는 구절입니다. 마음속으로 신선한 공기가 확 밀려드는 듯한 느낌이 드는 말입니다. 책은 정말 둘도 없는 친구입니다. 책을 읽기 시작한 사람들이 얼마의 시간이 흐르고 나면 '책만큼 진정한 친구는 없다'라고 말하는 이유가 여기에 있습니다. 그 사람들이 왜 그런 말을 했는지를 알고 싶으면 먼저 책을 읽으세요. 그러다 보면 저절로 알게 됩니다. 책을 친구로 둔, 또 한 사람인 페트라르카는 이렇게 말했습니다.

"나에게는 만나기만 하면 아주 유쾌해지는 친구가 있다. 그 친구는 어느 시대 어느 국가에나 있고, 집에서나 밖에서나 어디서든 나의 눈길을 끈다. 그들은 여러 분야에서 명성을 얻고 있는데도 만나기는 아주 쉽다. 그들은 언제든지 누구에게나 도움을 주려고 대기하고 있기 때문이다. 그들은 내 마음이 내킬 때 나의 이야기 상대가 되어주고, 내 마음이 내키지 않으면 상관도 하지 않는다. 그들은 결코 폐를 끼치지 않는다. 그러면서도 질문을 하면 어떤 것에 대해서든 바로 대답을 해준다."

세상에 있는 큰 길보다 큰 길은 책 속에 있는 길입니다. 책은 자기가 지니고 있는 것을 아낌없이 내줍니다. 우리가 길을 몰라 헤매고 있으면 책은 길을 가리켜줍니다. 책이 주는 큰 길을 따라 나선 행복한 나그네들 중 한 사람인 아이작 배우로는 또 이렇게 말했습니다.

"책을 사랑하는 사람은 충실한 친구도, 상담 상대도, 유쾌한 이야기 상대도, 따뜻하게 마음을 위로해주는 친구도 원하지 않는다.

연구하고 독서하고 사색함으로써 언제 어떠한 경우에도 천진난만하고 맑은 기분으로 즐겁고 유쾌한 시간을 보낼 수 있기 때문이다."

***

책을 친구로 둔 사람보다 행복한 친구를 둔 사람이 있을까요. 지혜를 줄 뿐만 아니라 햇빛이 따가우면 햇빛 가리개로 삼아 눈 위에 덮어놓고, 베개로도 사용할 수 있는 책. 자신이 버리지 않는 한, 발이 있어도 도망가지 않을 수 있는 세상에 있는 스승인 친구. 책을 가까이 두지 않는 사람은, 지혜로운 사람을 친구로 두지 못하는 것과 같습니다. 논어에 있는 '세 사람의 친구가 길을 가면 그 중에 반드시 스승이 있다'는 말을 인정하지 못하는 사람과 같은 사람입니다.

책을 가까이 두세요. 그러면 그 책이 그대의 삶을 함께 끌고 가는 세상에 둘도 없는 벗이 되어줄 것입니다. 어떠한 일이 있어도 책은 그대를 배신하거나 모함하지 않는 친구로, 평생 그대 곁에 있어주는 친구가 되어줍니다. 아마 책을 친구로 둔 사람보다 행복한 친구를 곁에 둔 사람은 없을 것입니다. ✦

지혜로운 자의 하루는 어리석은 자의 일생에 해당한다.
- *아라비아 속담*

책을 친구로 둔 사람 이야기 2

"상상해보라. 우리가 먼 옛날의 위인이나 현자들의 영혼을 불러와 흥미로운 문제에 관해 함께 대화할 수 있는 능력이 있다면 어떻겠는지. 우리는 별 볼일 없는 평범한 오락과 비교도 할 수 없는 특혜를 누릴 것임에 틀림없다. 그런데 사실 제대로 갖춰진 도서관만 있으면 이러한 능력을 가질 수 있다. 크세노폰이나 시저에게 그들이 나가 싸웠던 전쟁 이야기를 들을 수 있고, 데모스테네스나 키케로에게 눈앞에서 웅변을 하게 할 수도 있다. 또 소크라테스나 플라톤의 이야기에 귀 기울일 수 있는가 하면, 유클리드나 뉴턴에게서 논증을 받을 수도 있다. 책을 통해 우리는 가장 뛰어난 인물의 최고의 사상을 가장 좋은 상태로 향유할 수 있다."

에네킨의 말입니다. 에네킨의 말처럼 책은 과거의 인물인 영웅들을 만날 수 있게 해줍니다. 그들의 용기와 지혜를 책을 통해 얼마든지 전수받을 수 있습니다. 책을 통해 영웅들의 용기와 지혜를 전수 받은 제레미 콜리어는 다음과 같이 책이 주는 유익함만을 전하고 있습니다.

"책은 젊은이에게 인생의 길잡이가 되고, 노인에게 오락이 된다. 고독할 때 마음의 의지가 되고, 마음이 무거울 때 근심을 덜어주며, 뜻대로 안 되는 뜬세상의 인간관계나 다툼을 잊게 해준다. 책은 또 괴로움을 위로하고, 정욕을 가라앉혀주기도 하며, 실망한 마음을 부드럽게 어루만져주기도 한다. 사는 것이 지긋지긋 할 때면 이미 죽은 사람들에게로 가보는 것도 괜찮은 일이다. 그들의 이야기는 까탈을 부리지도 않고, 오만함이나 음모 같이 시시한 것도 없기 때문이다."

책에서 얻을 수 있는 유익함은 이루 말할 수 없습니다. 책은 자기 사람을 사랑하게 하고 남의 삶을 배려하게 합니다. 자기 삶을 사랑하고 남의 삶을 배려하는 삶을 책에서 배운 매콜레이는 그 어느 것보다 독서가 가장 행복한 일이었다고 술회하며 다음과 같이 말했습니다.

"지난 시대의 위인들이 나를 진리로 인도했으며, 참으로 많은 고귀하고 우아한 이미지를 상상할 수 있게 해주었다. 그 위인들에게 헤아릴 길 없는 빚을 지고 있는 느낌이 든다. 그들은 내가 슬픔에 억눌려 있을 때 위로해 주고, 병들었을 때 간호해주었으며, 부유할 때나 가난할 때나, 명성을 얻었을 때나 세상의 비난을 받았을 때나 항상 변함없이 오랜 친구가 되어 주었다."

이렇게 책을 통해 위인들을 만난 매콜레이는 그 감동을 어느 소년에게 보낸 편지에서 이렇게 나타내고 있습니다.

'대단히 사랑스러운 편지 고맙다. 나는 네가 기뻐해줘서 기쁘지만, 그보다 독서가 취미라는 말에 이를 데 없이 기쁘구나. 너도 나만큼 나이를 먹게 되면 알게 되겠지만 과자나 빵, 재미있는 장난감, 어떤 놀이나 멋진 경치보다도 책이 훨씬 멋진 것이란다. 누군가 나에게 와서 왕이 되게 해주겠다고, 아름다운 정원이 있는 멋진 왕궁에 최고의 음식과 포도주, 마차, 아름다운 옷, 수백 명의하인들을 거느리게 해주겠다고, 그러나 한 가지 조건이 있는데 그것은 책을 읽지 말라고 하는 것이라면 나는 한마디로 거절할 것이다. 책을 읽을 수 없는 왕이 되느니, 나는 책으로 가득한 다락방에서 사는 가난뱅이가 될 것을 택하겠다.'

＊＊＊

    책을 읽어야 한다는 것을 모르는 사람은 없을 것입니다. 그것이 주는 가치가 다른 어느 것과 비교할 수 없을 정도로 크다는 것을 모르는 사람은 없을 것입니다. 그리고 위대한 아름을 남긴 사람 중에 책을 멀리한 사람이 별로 없다는 것을 모르는 사람 역시 없을 것입니다.

    사람에게는 큰 슬픔이 세 가지 있는데, 그 가운데 하나가 배우지 못한 한입니다. 나라가 망한 맥수지탄과 부모가 돌아가신 풍수지탄과 함께 배움의 길이 어려움을 한하는 망양지탄이 바로 그것입니다. 나이가 들수록 배우지 못한 한 이 크다고 합니다. 그것을 최소화시키는 지름길이 독서입니다. 배움의 길이 어려워도 독서를 꾸준하게 하면 그 어려움을 기쁨으로 바꿀 수 있습니다. ❖

> 지혜를 얻으려는 생각에 식사를 잊고, 지혜를 얻은 기쁨에
> 슬픔을 잊고, 그리하여 어느 새 나이가 들어 늙은 것도 몰랐다.
>   – 공자

책은 단비와 같습니다.

책은 우유와 같습니다.

책은 평생 성장을 멈추지 않는 정신을 갖게 해줍니다.

책을 친구로 둔 사람 이야기 3

죽은 옛 시간에 둘러싸여 내 인생은 흘러간다.

문득 바라보면

언제나 주위에는

먼 옛날의 강인한 정신의 소유자들

그들은 항상 변함없는 나의 친구

날마다 그들과 이야기하며 산다네.

이 글은 영국시인 사우디가 독서에 대한 느낌을 우수에 잠긴 목
소리로 읊은 것입니다. 시로 찬양할 만큼 독서는 세상에 있는 아름
다운 것들 중 하나입니다. 그리고 세상에 있는 것들 중 사람의 내면

을 아름답게 살찌우고 한 철의 아름다움으로 사라지지 않는 것은 독서가 유일하지 않나 하는 생각이 듭니다. 독서하는 기쁨에 빠져 지내는 가난한 소년의 모습을 메어리 램은 다음과 같은 슬픈 어조로 읊어내고 있습니다.

길가 낡은 서점에 서서
열심히 책을 읽던 소년에게
가게주인이 말했네.
"너는 한 번도 사는 법이 없구나.
그러니 이제부턴 보아선 안 돼!"
그리고는 차갑게 쫓아버렸네.
소년은 맥없이 돌아서며 한숨을 내쉬네.
"책을 읽는 일 따위를 배우지 않았더라면
저런 치사한 주인의 책 따위는
필요도 없었을 것을."

책을 읽으면 독특한 즐거움을 줍니다. 그 즐거움에 깊이 빠져 지낼수록 삶은 즐거워지고 꿈은 무르익어갑니다. 가난한 소년이 눈치를 받으면서도 책 읽는 것을 멈추지 않는 것은 책 속에 즐거움이 있고, 삶을 살아가는 방법이 있고, 꿈을 이루게 해주는 희망이 있기 때문입니다. 이 소년처럼 독서가 주는 행복을 만끽하고 있는 존 허셀 경은 이 행복을 혼자만 누리지 말고 이웃에게도 전해주라고 충고합니다.

"어떠한 환경에 처해도 내게 도움을 주고, 일생을 통해 행복과 즐거움의 원천이 되고, 설사 일이 잘못되어 세상이 나를 비난하는 경우가 있다 해도, 그러한 재난으로부터 나를 지켜주는 방패가 될 만한 것은 독서밖에 없다고 생각한다. 그것은 행복한 만족감을 주는 도구가 된다. 만일 당신이 어떤 사람에게 독서의 취미를 갖게 한다면, 그리고 아주 나쁜 책을 선택하게만 하지 않는다면, 당신은 그 사람에게 행복을 선물해 준 것이다."

***

소중한 사람에게는 독서를 선물합시다. 다른 어느 것보다 독서를 취미로 갖고 살아가게 해줍시다. 독서는 정말 행복을 선물하는 것입니다. 일회용 선물로 사라지고 마는 선물이 아닌, 정신을 일생

동안 행복하게 해주는 선물을 한 것입니다. 먹는 것도 좋고, 즐기는 것도 좋고, 입는 것도 좋지만 정말로 소중한 사람에게는 때로 책을 선물하는 것도 좋습니다. 특히 책이라면 죽기보다 싫어하는 사람일수록 자주 책을 선물하세요. 읽기 싫더라도 성의를 생각해서라도 읽다보면, 책이 주는 즐거움과 만날 수 있을 테니까요. 책은 단비와 같습니다. 책은 우유와 같습니다. 책은 평생 성장을 멈추지 않는 정신을 갖게 해줍니다. 오늘부턴 책과의 동침을 해보는 것이 어떨까요. 삶이 편안해질 것입니다. ❖

> 책은 마음의 신성한 마취제다.
> — 체임버스

그대 인생을 행복하고 성공한 인생으로 만들고 싶다면
먼저 그대의 마음을 다스리는 법을 익히세요.

자신의 마음을 경계하는 칼

김종서 장군은 문무를 겸비한 몇 안 되는 인물로 알려져 있습니다. 이런 김종서 장군도 젊었을 때는 오만하고 성질이 급해 황희 정승의 질책을 자주 받았습니다. 이 때문인지 김종서는 항상 칼을 책상 위에 놓고 생활을 했습니다.

김종서가 좌의정일 때 이야깁니다. 그때 그는 집현전에서 '고려사' 편찬 작업에 참여하고 있었는데, 평상시처럼 김종서는 항상 칼을 책상 위에 놓고 일을 했습니다. 이런 모습을 보고 함께 일하던 정인지가 물었습니다.

"책상위에 항상 칼이 놓여 있으니 어인 일이오? 혹 대감의 목숨이라도 노리는 자가 있는 것입니까?"

그러자 그는 빙그레 웃으며 대답했습니다.

"나는 의지가 약해서 자칫 마음이 해이해지곤 합니다. 마음이 해이해지면 나쁜 마음이 들고, 그 나쁜 마음이 나를 죽일지도 모릅니다. 이 칼은 이런 내 마음을 경계하기 위해 갖고 다니는 것입니다."

* * *

먼저 자신의 마음을 다스려야 무슨 일이든 할 수 있습니다. 세상일은 마음먹기 나름이라는 말이 있는 것도 인생에서 마음이 차지하는 비중이 그만큼 크기 때문입니다. 세상을 바라보는 우리의 시각이 긍정적이냐, 부정적이냐 하는 것도 마음에서 나옵니다. 우리가 알고 있는 위인들은 하루도 거르지 않고 자기 마음을 다스렸습니다. 인생의 성패가 마음을 어떻게 다스리느냐에 달려 있음을, 위인들은 누구보다 잘 알고 있었습니다. 우리가 시험을 보러갈 때 떨지 말고 마음을 편히 먹으라는 말을 주위 분들한테 다른 어떤 말보다 많이 듣는 것은, 우리가 갖고 있는 실력을 충분히 발휘하게 하려면 마음이 안정돼야 하기 때문입니다.

자기 마음을 다스리는 법을 배우는 것, 이것이 사람을 행복하게 만드는 지름길임을 알아야 합니다. 그대 인생을 행복하고 성공한 인생으로 만들고 싶다면 먼저 그대 마음을 다스리는 법을 배우세요. ✦

사람은 마음이 즐거우면 하루 종일 걸어도 싫증이 나지 않지만,
마음속에 근심이 있으면 십 리를 걸어도 싫증이 난다.
인생의 행로도 이와 마찬가지다. 늘 명랑하고 유쾌한 마음으로
그대의 인생을 걸어라.
— 셰익스피어

자신의 삶에 충실하면 생각이 열립니다.
그 열린 생각으로 세상을 바라보면 삶이 좀 더 즐거워집니다.
언제나 열린 생각으로 세상을 바라보세요.

삶은 자신의 선택으로 사는 것

그리스 최초의 철학자인 탈레스는 늦게까지 결혼하지 않고 지냈습니다. 어느 날 탈레스를 찾아 아테네에서 밀레토스로 온 솔론이 탈레스에게 왜 미혼으로 사는지를 물었습니다. 그의 물음에 탈레스는 아무 대꾸도 하지 않더니 며칠 후 어떤 사람과 짜고 열흘 전에 아테네에서 왔다고 하라며, 솔론에게 아테네에서 온 사람이 있다고 알려주었습니다. 이 말을 들은 솔론은 그 사람을 만나자고 했습니다. 그 사람이 오자 솔론은 반가워하며 아테네 소식을 물었습니다. 그러자 그 사람은 탈레스가 일러준 대로 대답했습니다.

"별다른 소식은 없습니다만, 웬 젊은 사람이 죽자 시민들이 무덤까지 따라갑디다. 듣자하니 어느 유명한 분의 아드님으로, 부친은 다른 지방으로 간 지 여러 해 됐는데도 아직 돌아오지 않고 있답니다."

"가엾은 사람! 혹 그 사람의 이름을 아시오?"

"이름을 들었습니다만, 대단히 현명하고 의로운 분이라는 것밖에 생각나지 않습니다."

솔론은 웬지 불안해하더니 걱정스러운 듯 되물었습니다.

"죽은 사람이 혹시 솔론의 아들이라고 하지 않던가요?"

그 사람이 그런 것 같다고 대답하자 솔론은 고개를 떨구며 상심했습니다. 그런 모습을 본 탈레스는 솔론을 달래고는 웃으면서 말했습니다.

"선생처럼 강하신 분도 꺾을 수 있는 힘을 가진 그 슬픔을 염려해, 나는 처자가 없이 지냅니다. 상심하지 마십시오. 아까 얘기는 사실이 아닙니다."

***

사람의 삶이 꼭 남과 같을 필요는 없습니다. 삶은 선택의 문제이고, 자기 생각으로 사는 것이기 때문입니다. 장가를 가지 않은 지인에게 들은 얘기입니다. 지인에게 어떤 사람이 이상하다는 듯 묻더랍니다.

"왜 결혼을 안 하세요? 아주 안할 거예요?"

그래서 지인이 되물었습니다.

"당신은 왜 결혼을 했지요? 평생 그렇게 살 건가요?"

그러자 더 이상 묻지 않더랍니다. 물론 요즘 결혼을 하느냐, 마느냐는 선택에 의한 것이라는 인식이 널리 퍼져 있지만, 아직도 결혼을 꼭 해야 한다는 사고방식을 갖고 다른 사람을 보는 사람이 있습니다. 그러나 이것은 결혼을 하느냐, 안 하느냐로 딱 나뉘는 문제가 아닙니다. 지금은 필요치 않지만, 언젠간 할 수도 있는 게 결혼입니다. 삶에서 필요로 할 때 하는 것, 그럴 때 좀 더 후회하지 않는 삶을 살 수 있습니다. 그리고 이것은 결혼에 국한 된 문제가 아닙니다.

삶은 자신의 선택으로 사는 것이므로 다른 사람에게 피해를 주지 않는 삶이라면, 그 사람이 선택한 삶을 존중해주는 것이 함께 어울려 살아가는 삶에서는 필요한 것입니다. 그러려면 고정관념에서 벗어나 다양성을 받아들이는, 열린 생각을 갖는 것이 좋습니다. 삶에서 중요한 것은 선택의 문제가 아니라 어떤 방식으로 살든 자신의 삶에 최선을 다하느냐는 것입니다. 목적을 갖고 땀 흘리며 열심히 살았느냐 하는 것입니다. 자신의 삶에 충실하면 생각이 열립니다. 열린 생각으로 세상을 보세요. 그러면 삶이 좀 더 여유로워질 수 있습니다. ❖

편견을 버린다는 것은 언제라도 결코 늦지 않습니다.
- 도로우

사람은 누구나 열등감이라는 에너지를 갖고 있습니다.
이 열등감은 태양과 같은 무한대의 에너지입니다.
우리는 이 에너지를 사용할 줄 아는 인생을 살아야 합니다.

자기 처지에 갇힌 사람

어느 장님이 밤에 마을로 갔다가 돌아오려 하는데, 그 집 주인이 그에게 등불을 들려주었습니다. 그러자 장님은 등을 물리치며 버럭 화를 냈습니다.

"세상 사람들이 다 소경을 조롱한다고 당신까지 나를 조롱하오? 소경이 등불을 가진들 무슨 소용이 있겠소?"

그러자 주인이 온화한 목소리로 말했습니다.

"당신은 장님이니까 소용이 없을지 몰라도, 맞은편에서 오는 사람은 그 등불을 보고 피할 수 있을 게 아니오?"

장님은 과연 그렇다고 생각해 등불을 받아들고 주인의 배려에 감사해하며 어두운 길을 더듬어갔습니다. 등 덕분에 한참 동안 잘

간다 싶었는데, 갑자기 웬 사람과 그만 부딪히고 말았습니다. 장님은 노발대발하며 호통을 쳤습니다. 그 사람도 기가 막히다는 듯 화를 냈습니다.

"어두운 밤이라 잘 보이질 않으니 서로 부딪치기 십상 아니오?"

그러자 장님이 말했습니다.

"아니, 당신은 눈을 뜨고도 등불이 보이질 않소?"

"불은 무슨 불이오, 꺼진 등이 보이지도 않소?"

그 사람이 어처구니없다는 듯 말했습니다. 그제야 장님은 자기가 한 가지밖에 생각하지 못하는 사람이란 걸 깨달았습니다.

✳✳✳

사람은 누구나 자기 처지에 갇혀 사는 열등감을 가지고 있습니다. 그리고 이 열등감은 삶을 사는데 엄청난 에너지가 됩니다. 역사상 위대한 인물들 중에 많은 이들이 젊은 시절엔 열등감을 가지고 있었습니다. 그들은 이 열등감 속에 있는 엄청난 에너지를, 다른 사람들을 질시하는데 쓰지 않고 자기 발전을 향해 가는데 썼습니다. 부모님이나 선생님이 위인전을 많이 읽으라고 하는 것은 바로 이것을 배우게 하기 위해서입니다. 위인전을 보게 되면 시련과 고난, 그리고 열등감을 이겨내고 성공해가는 주동인물과 시기와 질투심으로 주동인물을 모함하는 반동인물을 중심으로 이야기가 전개됩니다. 그럴 때면 우리는 응원합니다. 주동인물이 반동인물의 모함에서 벗어나 자기가 하고자 하는 일을 이루기를.

사람은 누구나 남보다 부족한 면을 갖고 있습니다. 그리고 이 부족한 면이 열등감을 만들어냅니다. 삶은 바로 자신의 부족한 면을 만족한 면으로 바꾸기 위해 노력해 가는 행로입니다. 그 에너지는 바로 열등감에서 나옵니다. 사람이란 누구나 열등감이라는 에너지를 가지고 있습니다. 열등감은 태양과 같은 무한대의 에너지입니다. 천제 아인슈타인도 어렸을 때엔 밥이나 먹을 수 있을까 하고 부모마저 걱정했던 저능아 취급을 받았습니다. 이런 그를 천재로 바꿔놓은 에너지가 열등감이었습니다.

사람에게 있는 열등감을 남이나 질시하는데 쓰라고 있는 게 아니라 자기발전을 이뤄 인류에 보탬이 되라고 있는 것입니다. 물건을 살 때 우리는 될 수 있으면 좋은 제품을 사려고 노력합니다. 이와 같이 우리에게 있는 에너지 가운데 우리를 발전시켜 줄 가장 좋은 양질의 에너지는 열등감입니다. 우리는 모두 이 에너지를 빼서 쓰는 인생을 살아야 합니다. 그 순간 우리의 삶은 지금까지 보지 못한 세상과 만나게 됩니다. 정녕 끝까지 자기 처지에 갇혀 지내는 사람은 되지 마세요. ✛

대담하게 하라, 또 대담하게 하라, 영원토록 대담하게 하라.
— 당통

노림과 표적

장자가 조릉의 밤나무 숲 울타리를 거닐다가 이상한 까치 한 마리가 남쪽에서 날아오는 광경을 보았습니다. 그 새의 날개 너비는 일곱 자나 되었고 눈 둘레는 한 치나 되었는데, 장자의 이마를 스치고 밤나무 숲에 가 앉았습니다. 그것을 본 장자가 무의식중에 중얼거렸습니다.

"저놈은 도대체 어떤 새이기에 저렇게 넓은 날개를 가지고도 높이 날지 못하고, 저렇게 큰 눈을 가지고도 앞을 잘 보지 못하는가?"

장자는 옷깃을 여미고 재빨리 새에게로 다가가 화살을 겨누었습니다. 그러다가 문득 한쪽을 보니 매미 한 마리가 나뭇가지에 앉아 제 몸도 잊은 채 즐기고 있었습니다. 그리고 그 옆의 풀숲에는 사마귀 한 마리가 숨어서 매미를 노리고 있었는데, 사마귀 또한 매미를 잡는 데만 열중해 자신의 몸은 잊고 있었습니다. 그런데 조금 전의 이상한 새도 자신의 몸이 장자에게 엿보이고 잇다는 사실을 모른 채 사마귀를 노리고 있었습니다. 이것을 본 장자는 놀랍고 두려워 혼자 중얼거렸습니다.

"아, 슬픈 일이다. 생물은 원래 서로 해치고, 이해는 서로서로 짝이 되는구나!"

장자는 화살을 던져버리고 도망치듯 그곳을 벗어났습니다. 그랬더니 밤나무 숲을 지키는 사람이 장자를 보고, 밤도둑이라 생각해 장자의 뒤를 쫓으며 욕설을 퍼부었습니다. 집으로 돌아간 장자는 석 달 동안 뜰 앞에도 나앉지 않았습니다.

＊＊

사람의 마음을 서글퍼지게 하는 글입니다. 사실 새와 매미와 사마귀와 장자의 관계는 오늘도 세상이란 숲에서 만들어지고, 이어지고 있기 때문입니다. 옳고 그름보다 누가 자기와 입장에 더 가까우냐에 따라 편을 짜고, 실력으로 안 되면 모함하고 함정을 파는 세상이란 숲. 어떻습니까, 그대의 주위는? 그대는 지금 무엇을 노리고 있으며, 무엇으로부터 표적이 되고 있습니까?

그런데 이 먹이사슬에서 자신을 보호할 수 있는 하나의 길은 있습니다. 그것은 물러서는 것입니다. 그런 다음 천천히 다시 나가는 것입니다. 욕정이나 욕망으로 무작정 달려들면 피할 수 없는 게 세상이란 숲의 먹이사슬입니다. 마음을 가라앉히고 냉철한 판단으로 나갈 때와, 멈출 때와, 물러설 때를 아는 것입니다. 그러나 무엇보다도 사람을 잘 만나는 게 가장 좋은 것입니다. 좋은 사람을 볼 줄 아는 눈을 가지세요. 없다면 기르세요. 🧩

> 군자는 세상일을 대함에 있어 옳다고 하는 것이 없으며,
> 옳지 않다고 하는 일이 따로 없이 오직 정의에 따를 뿐이다.
> – 공자

늦잠 자는 사람 깨우는 법

오스트리아에 베르펠이라는 작가가 있었습니다. 그는 오스트리아의 인상주의 개척자로 시는 물론 소설, 희곡, 수필을 계속 발표하며 작가로서의 입지를 굳히기 위해 노력했습니다. 이런 그에게도 단점이 있었는데 그것은 늦잠을 자는 버릇이었습니다.

그가 젊은 시절 베를린에 있는 유명한 서정시인 하이젠그라파와 같은 하숙집에 묵은 적이 있었습니다. 자신의 단점을 알고 있는 베르펠은 잠들기 전에 하숙집 아주머니에게 깨워 줄 것을 부탁하곤 하였습니다.

그러나 문제는 한번 잠든 베르펠은 아주머니가 아무리 깨워도 잠에서 깨어나지 못할 때가 많다는 것이었습니다. 이런 모습을 보다 못한 하숙집 아주머니는 좋은 묘책을 떠올리게 되었습니다.

베르펠은 같은 하숙집에서 생활하는 하이젠그라파에게 라이벌 의식을 가지고 있었습니다. 그보다 더 좋은 작품을 쓰겠다고 늘 다짐하곤 했습니다. 하숙집 아주머니는 이런 베르펠의 마음을 알고 있었던 것입니다. 다음날부터 아주머니는 베르펠을 깨울 때 이렇게 외쳤습니다.

"베르펠 씨, 빨리 일어나세요. 옆방의 하이젠그라파 씨는 벌써 일어나 시를 세 편이나 쓰셨답니다."

놀라운 것은 그렇게 깨워도 일어나지 못하던 그가 이 말을 들으면 거짓말 같이 벌떡 일어난다는 것이었습니다. 게다가 이것이 바탕이 되어 얼마 후부터는 베르펠이 침대에서 늑장을 부리는 일도 볼 수 없게 되었습니다.

✳✳✳

하숙집 아주머니가 늦잠을 자는 사람을 깨우는 법도 묘책이지만 여기서는 라이벌이 있다는 게 얼마나 중요한지를 다시 한 번 깨닫게 해줍니다. 하숙집 아주머니도 베르펠이 하이젠그라파에게 라이별 의식을 느끼고 있다는 걸 몰랐다면 이런 묘책을 떠올리지 못했을 겁니다. 사람이 살아감에 있어 라이벌은 꼭 필요합니다. 서로 선의의 경쟁을 할 수 있는 라이벌이 있다는 것은 인생에 있어 참으로 좋은 행운이 있는 것과 다를 바가 없습니다. 사람은 라이벌과 경쟁을 통해 더욱더 발전을 하게 되어 있기 때문입니다. 이 글에서도 우리가 알 수 있는 것은 자신에게 있는 라이벌과 선의의 경쟁을 하면 자신의 단점마저도 고칠 수 있는 힘이 생긴다는 것입니다. 지금 곁에 경쟁자가 있다면, 미움의 대상자로 생각하지 말고 선의의 경쟁자로 생각하세요. 그러면 시간이 흐를수록 자신이 점점 경쟁자로 인하여 더 나아지는 모습을 볼 수 있을 것입니다. 그리고 더 나아가 하숙집 아주머니에게처럼 묘책을 떠올릴 수 있는 기회도 줄 수 있을 것입니다. ✄

> 말 한마디가 세계를 지배한다.
> — 쿠크

우리 속담에도 '호랑이에게 물려가도 정신만 차리면 산다'는 말과
'하늘이 무너져도 솟아날 구멍이 있다'는 말이 있습니다.

위기에서 자신을 구한
한마디 말

서양인이 아랍지역으로 여행을 떠났습니다. 한창 여행을 하는
중에 그만 무장단체에 붙잡히고 말았습니다. 무장단체원이 총부리
를 들이대며 그에게 물었습니다.

"너는 기독교도인가? 이슬람교도인가?"

서양인이 대답했습니다.

"나는 단지 이곳을 여행하러 온 관광객일 뿐입니다."

그의 현명한 대답에 감탄한 무장단체는 그를 풀어주었습니다.

***

이런 것을 가지고 우문현답이라 하지요. 그렇습니다. 서양인은 일촉즉발의 위기에서 거짓말을 하지 않고, 진실을 말해 살 수 있었던 것입니다. 그의 말대로 그는 아랍지역을 여행하러 온 관광객이 맞았으니까요. 무장단체원도 이 서양인의 대답이 틀리지 않았으므로 더 이상 아무 것도 묻지 않고 살려 주었을 것입니다. 우리 속담에도 '호랑이에게 물려가도 정신만 차리면 산다'는 말과 '하늘이 무너져도 솟아날 구멍이 있다'는 말이 있습니다. 위기에 몰려 있을수록 더욱 침착하게 지혜를 찾는다면 살아날 구멍이 있을 것입니다. 윗글의 서양인처럼 위급할수록 지혜를 떠올릴 수 있는 사람이 되었으면 합니다. ✦

> 위급할 때일수록 힘보다는 지혜가 필요하다.
> – 이솝